HONG KONG
Wa
Filter Coffee

HONG KONG
L
A
Wa~
Filter Coffee

고양이와 함께 티테이블 위 세계정복

고양이와 함께 티테이블 위 **세계정복**

스물아홉 개의 디저트로 기억하는 스물아홉 번의 여행

초판 발행 2020년 4월 17일

지은이 길정현

펴낸이 이성용
책임편집 박의성 **책디자인** 책돼지

펴낸곳 빈티지하우스
주 소 서울시 마포구 양화로11길 46 504호(서교동, 남성빌딩)
전 화 02-355-2696 **팩 스** 02-6442-2696
이메일 vintagehouse_book@naver.com
등 록 제 2017-000161호 (2017년 6월 15일)

ISBN 979-11-89249-28-1 03810

고양이와 함께 티테이블 위 세계정복

스물아홉 개의
디저트로 기억하는
스물아홉 번의 여행

길정현 지음

빈티지하우스
VINTAGE HOUSE

HONG KONG
L
A
Wa
Filter Coffee

프롤로그

고양이와 티테이블 위 세계정복의 시작

작정하고 멀리 떠나는 여행 외에 일상적인 바깥출입은 그닥 즐기지 않는다. 그렇지만 그것과는 별개로 커피는 마셔야 하는 커피형 인간. 그렇기에 나는 커피 수혈을 위해 억지로 슬리퍼를 끌고 바깥으로 나가는 대신 홈카페를 충실히 꾸리는 쪽을 택했다.

그리고 그 홈카페에는 항상 감자가 있어, 내 별명과 감자의 이름을 따 '라미감자카페'로 이름을 붙였다. 처음에는 단순히 '감자카페'로 할까도 생각했지만 정말로 있는 상호이기도 하고 이 카페의 주인이자 손님은 나니까, 내 이름을 빼기는 못내 아쉬웠다.

어느 날 문득, 라미감자카페라는 이름을 단 기억 속에 내가 경험했던 세계, 특히 나의 지난 여행들이 고스란히 담겨있다는 점을 깨달았다. 티테이블 위에서 감자와 함께 세계여행을 떠날 수 있다는 것.

그렇게 《고양이와 함께 티테이블 위 세계정복》은 시작됐다.

티테이블을 넘어 집 안
곳곳을 정복한 감자

강아지와 달리 고양이는 영역 동물이라 주위 환경이 바뀌는 것에 엄청난 스트레스를 받는다고 알려져 있다. 하다못해 집 안의 가구 배치가 조금만 바뀌어도 민감하게 반응하는데 공간이 완전히 달라지는 여행이라니, 고양이에게 이건 싸우자는 것과 다름없다.

설령 예민하지 않은 고양이라 할지라도 몇 시간 동안이나 좁은 캐리어 안에 갇혀 비행을 해야 하는 것(경우에 따라 혼자 외딴 화물칸에 탑승해야 할 수도 있다), 차를 타고 덜컹거리며 이동해야 하는 것, 갖은 고생 끝에 도착한 낯선 곳에서 며칠을 지내야 하는 것 등을 이해할 수 있도록 설명하고 설득할 수 있는 능력이 우리에게는 없으니까.

이런 상황에서 감자와 함께 여행을 한다는 것은 결국 나만의 욕심이지 않을까 싶고 그렇다고 혼자 두고 가자니 그것도 그것대로 마음이 편치 않아 요즘은 아예 여행을 쉬고 있는 처지이기에 티테이블 위에서 감자와 함께 세계여행을 떠나는 나만의 방법을 찾은 일이 못내 기쁘다.

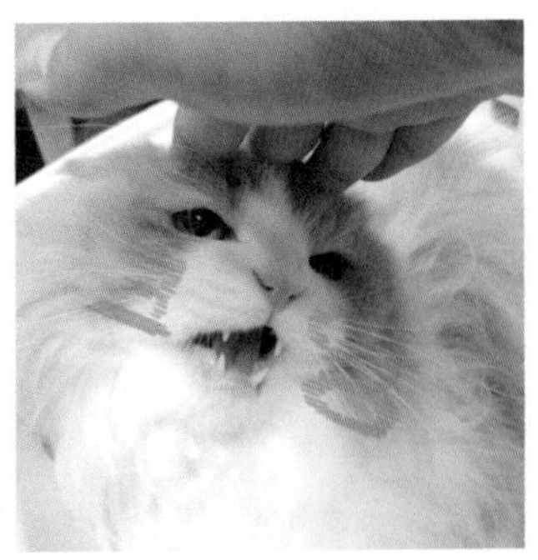

관심을 안 주면 달려와서 뭅니다.

차례

적당히의 미학, 모카포트

이탈리아, 로마

이탈리아에서 업어온 모카포트는
온 집 안을 커피향으로 가득 채운다.

에스프레소 베이스의 커피가 익숙하지만 집에 에스프레소 머신을 들일 배짱은 없다. 그럴 만한 공간도 없거니와 관리도 만만찮을 것 같아 고민하던 중 대체품으로 몇 년 전 이탈리아 여행에서 업어온 모카포트를 꺼냈다.

모카포트만 있으면 에스프레소 머신으로 내린 것과 흡사한 맛의 커피를 간편하게 만들 수 있다. 모카포트에 분쇄된 커피 가루와 물을 적당히 담아 버너에 올려 적당히 끓이면 곧 온 집 안에 커피향이 가득 퍼진다. 이른바 적당히의 미학. 진정한 아날로그라고 할 수 있다. 이렇다 보니 내릴 때마다 커피 맛에 조금씩 차이가 있어 이 또한 나름의 재미라면 재미다.
모카포트는 사용하기 쉽고 열전도율도 우수해 추출에 오랜 시간이 걸리지 않는다는 게 장점이지만 부식되지 않도록 주의가 필요한 물건이기도 하다. 몇 번 사용하다 보면 '녹이 슬었나?' 싶게 내부가 거뭇해지는데 이는 커피 찌꺼기가 달라붙거나 커피 물이 든 것으로 별 문제가 되지 않는다.

하지만 하얗게 변색된 경우는 녹이 슨 것이므로 더 이상 사용하면 안 된다. 이 지경이 되면 그때는 선반 위에 고이 올려 인테리어 소품으로 혹은 지난 여행을 추억하는 물건으로만 활용 가능한 신세가 된다.

지금은 드물게나마 상륙한 모양이지만, 내가 이탈리아를 여행하고 이탈리아에 대한 책을 지었을 때까지만 해도 이탈리아에는 스타벅스가 없었다. 고작 몇 년 전이지만 "아메리카노를 왜 마셔? 그건 그냥 브라운워터잖아"라고 이야기하는 친구들도 꽤 있었다. (이 친구들은 지금도 여전히 아메리카노는 커피가 아니라 물일 뿐이고 에스프레소야말로 진짜 커피라고 굳게 믿고 있다.)

아메리카노에 대한 이런 시큰둥한 태도를 증명하기라도 하듯 '이탈리아 사람들은 에스프레소만 마신다'는 말도 있지만 이 말은 반은 맞고 반은 틀린 말이다. 이 말을 맞게 고치려면 '이탈리아 사람들은 에스프레소 위주의 베리에이션 음료를 마신다'고 해야 할 것이다.

이탈리아를 여행하다 보면 에스프레소 위에 약간의 우유 거품을 올린 에스프레소 마끼아또, 우유 거품 대신 생크림을 올린 카페 꼰빠냐, 아이스크림에 에스프레소를 끼얹은 아포가또, 에스프레소 샷에 40도 정도의 리큐어를 첨가한 카페 꼬레또 등을 심심찮게 만날 수 있어 에스프레소로도 이렇게 다양한 음료가 가능함을 새삼 깨닫게 된다.

이탈리아 사람들의
진짜 커피

이탈리아에서 만났던 커피들.
단 한 잔도 허투루 내린 맛없는 커피가 없었다.
(큰 사진은 1733년부터 운영 중인 피렌체의 카페 질리)

가장 유명한 모카포트 브랜드는 아마도 비알레띠Bialetti. 전 세계적으로 가장 많이 팔린 브랜드로 1933년 알폰소 비알레띠가 시작했고 이후 그의 아들인 레나또 비알레띠가 가업을 물려받았다.

몇 년 전 레나또 비알레띠가 사망하고서 유족들이 그의 유골을 평범한 납골함 대신 대형 모카포트에 담아 안치해 화제가 되기도 했었다. 개성 있는 장례식 그 자체보다도 평생에 걸쳐 자신이 해온 일에 마지막까지 자부심을 가질 수 있다는 그 사실이 무척이나 부러웠던 기억이다.

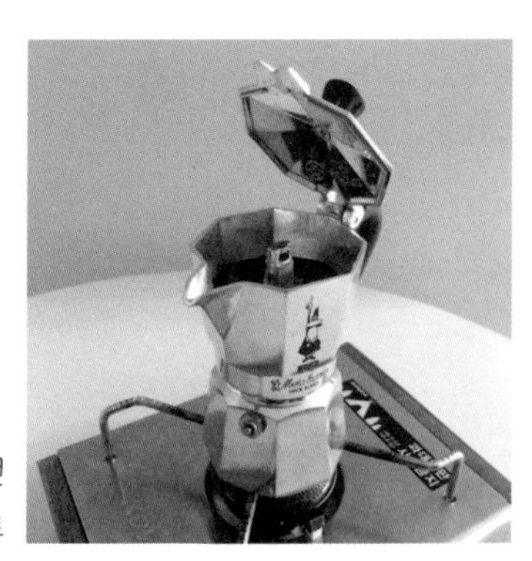

비알레띠의 자부심 그 자체였던 모카포트

모카포트는 기본적으로 에스프레소를 추출하기 위한 용도이기 때문에 사이즈가 작은 편이다. 아메리카노가 결국 에스프레소에 물을 타는 것이기는 하지만 작은 모카포트로 추출한 에스프레소에 왕창 물을 타다 보면 자칫 성에 차지 않을 수도. 진한 아메리카노를 원한다면 모카포트 자체를 조금 큰 사이즈로 구매하는 것을 추천한다. 내 기준으로 두 잔의 아메리카노를 만들 때는 3인용 모카포트를 쓰는 것이 잘 맞았다.

모카포트에 사용할 원두는 핸드드립용보다는 가늘게, 하지만 에스프레소 머신용보다는 두껍게 갈아주는 것이 좋다.

멘보샤와 새우 토스트

중국, 북경

빵도 맛있고 새우도 맛있는데
그걸 튀기기까지 하다니…
역시 집사는 천재야!

최근 들어 매스컴에 노출되면서 급작스럽게 유명해진 음식, 멘보샤面包虾. 튀긴 음식이 맛없기도 쉽지 않지만 그중에서도 멘보샤의 인기는 독보적이다. 빵도 맛있고 새우도 맛있는데 그걸 튀기기까지 했으니! 이건 맛없을 수 없는 조합임이 분명하다.

멘보샤는 간단히 '중국식 새우 토스트'로 불린다. '面包虾'에서 '面包'는 빵을 '虾'는 새우를 뜻하는데 이런저런 소문이 분분한 음식이기도 하다. 화교들이 한국에 들어와서 개발한 음식이라는 썰, 한국뿐 아니라 다른 나라의 중식당에서도 찾아볼 수 있지만 정작 중국 본토에는 없다는 썰, 중국 본토에 없다고 잘못 알려져 있지만 사실은 있다는 썰, 있기는 하나 그건 빵가루를 입힌 새우튀김일 뿐 토스트는 아니라는 썰 등. 하지만 중국 그 넓은 땅 덩어리에, 그 많은 사람들 중에 새우 토스트를 만들어 먹는 사람이 단 한 사람도 없을까? 100가지 이상의 요리를 사흘에 걸쳐 먹는 만한전석滿漢全席의 나라에 새우 토스트가 없을 가능성

벽 한쪽을 가득 채운 북경 한 식당의 메뉴판

보다는 있을 가능성이 더 크지 않을까?

분명 중국 그 어딘가에는 분명 우리가 좋아하는 멘보샤와 흡사한 새우 토스트가 있을 것이다. 끝없는 우주 어딘가에 외계 생명체가 있을 것이라 기대하며 이 넓은 세상 어딘가에는 나와 꼭 맞는 반쪽이 있을 것이라 희망을 가지고 살아가는 와중에 새우 토스트 따위가 없을 리 없지 않은가. 메뉴판이 가게 벽을 빼곡히 채우고, 한 상 가득 다양한 요리를 차려놓고 즐기는 것을 미덕으로 생각하는 나라에서 그럴 리 없지 않은가. 아직 내가 발견하지 못했다는 이유만으로 그런 건 없다며 나의 세계를 단정 짓는 일은 어쩌나 안타까운가.

그러니까 중국 어딘가에는 새우 토스트가 있다고 믿자. 아니, 분명히 있다. 외계 생명체도 나의 반쪽도 어딘가에는 반드시 있다.

빵의 반죽과 새우 반죽이 익는 온도가 다르기 때문에 멘보샤는 간단해 보이면서도 온도 조절이 꽤나 까다로운 음식이다. 이건 물론 정석대로 만들 때 이야기. 나는 일요일 아침에 에어 프라이어로 뚝딱 만들어버렸다. 빵도 맛있고 새우도 맛있는데 그걸 튀기기까지 했으니 당연히 나쁘지 않은 맛. 새카맣게 태우는 일만 일어나지 않는다면 이건 실패하려야 실패할 수가 없다.

도리어 어려운 점은 음료의 선정. 토스트는 커피와 어울리지만 새우는 커피와 어울리기 쉽지 않다. 그렇지만 멘보샤는 토스트 '새우'가 아니라 새우 '토스트'이기 때문에 커피와 아주 잘 어울린다. 어차피 나는 커피 없는 아침은 상상할 수도 없는 커피 인간. 덕분에 흠 잡을 데 없는 일요일이 시작됐다.

이렇게 음식이 많은데
새우 토스트가 없을 리 없다.

멘보샤 간단 레시피

(with 에어 프라이어)

준비물: 식빵 2~3조각, 냉동 자숙 새우 10마리, 달걀 1개, 후추, 전분, 양파

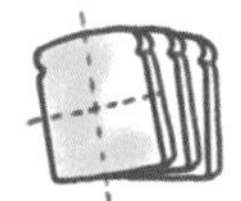

STEP1.

식빵 2~3쪽을 1/4 등분합니다.

STEP2.

물에 담가 해동한 냉동 자숙 새우 10마리를
적당히 다지고

여기에 달걀 1개에서 분리한 흰자,
후추 약간, 전분 1스푼,
다진 양파 1스푼을 넣어 섞어

조각낸 식빵 한쪽 면에 이를 발라준 후
나머지 식빵을 덮어 샌드위치 형태로 만듭니다.

STEP3.

조그만 샌드위치 형태가 된 식빵의 바깥 면에
식용유를 바른 후 180도에서 10분 굽고
뒤집어서 5분 더 굽습니다.
(굽는 시간은 상태를 봐가며 적당히 조절합니다.)

즐거움을 위한 커피, 카페 쓰어다

베트남, 다낭

커피 방울을 언제 후려쳐야 할지 몰라

계속 주시하는 감자

더워도 너무 덥다. 이제 곧 휴가철. 이때는 비행기 티켓을 구하는 게 쉽지 않을 만큼 공항이 북새통을 이룬다. 한국보다 더 더운 동남아행 티켓도 구하기 어렵다. '여기 있어도 더운데 왜 굳이 돈을 써서 더 더운 나라로 가는 거지?' 싶기도 하지만 이제는 한국도 너무 더워져서 딱히 어느 쪽이 더 낫다고 말하기도 어려울 상황이 됐다. 계절이 정반대인 남반구로 작정하고 날아가지 않는 한 어딜 가도 다 덥기 때문에 '피서'라는 단어 자체에 회의감이 들 정도다.

오늘은 동남아의 기분을 느끼며 베트남식 카페를 차렸다. 베트남 커피의 대표적인 모습은 바로 요 장난감 같은 얄팍한 커피 핀에서 한 방울씩 떨어지는 커피가 아닐까. 캡슐 머신에서 시원스레 추출되어 순식간에 커다란 잔을 가득 채워주는 커피와 비교하면 커피 핀을 거쳐 커피가 한 방울씩 똑똑 떨어지는 시간은 마치 영겁의 시간처럼 느껴진다.

입자가 고운 원두 가루가 오랜 시간을 거쳐 추출되는 커피라 당연히 맛은 매우 쓰다. 이것을 스트레이트로 마시면 그 맛은 거의 사약에 가깝기 때문에 보통은 쓴맛을 중화시켜줄 뭔가를 추가하게 된다.

코코넛 밀크를 추가하기도 하고 달걀 거품을 추가하기도 하지만 가장 보편적인 것은 연유. 이것이 바로 베트남 커피 중 한국에 가장 많이 알려져 있는 '카페 쓰어다Cà phê sữa đá'로 피로를 한 방에 날려주는 엄청난 단 커피다.

굳이 비교하자면 한국의 믹스 커피와 비슷하다고 할 수 있지만 훨씬 더 쓰고 훨씬 더 달다. 말 그대로 달콤씁쓸! 땀을 한 바가지 쏟고 나서 이런 걸 마셔주면 강력한 카페인과 더 강력한 당분의 콜라보로 인해 바야흐로 정신이 번쩍 든다.

베트남에서 마셨던
카페 쓰어다들의 향연

'cà phê'는 커피를, 'sữa'는 연유를, 'đá'는 얼음을 나타내는 단어이기 때문에 '카페 쓰어다'라면 이 셋이 꼭 필요하다. 연유와 커피의 순서는 상관이 없지만 얼음은 미리 넣으면 녹기 때문에 개인적으론 가장 마지막에 넣는 것을 선호. 그리하여 나는 연유 위에 커피를 추출하고 거기에 얼음을 몇 조각 넣었는데 커피를 먼저 추출한 뒤에 연유를 붓든 커피와 연유의 혼합물을 얼음에 끼얹든 아무 상관이 없다. 다 자기 스타일이다. 최종 결과물에 그 셋이 함께 있기만 하면 된다.

호이안을 떠나던 날, 방갈로의 푹신한 쇼파에 앉아 시원한 카페 쓰어다를 한 잔 마시고 한참 동안 바다를 바라보았다. 에메랄드빛으로 투명하게 빛나는 그런 타입의 바다는 아니었지만 넓은 모래사장에 줄줄이 놓인 의자, 그 사이로 삐죽삐죽 튀어나온 더운 지역 특유의 나뭇잎들,

그리고 도롱이를 닮은 파라솔은 알록달록한 원색의 파라솔로 가득한 한국의 해변에서는 본 적 없는 것들이었기에 생경한 느낌을 받았다. 한 켠에선 조업을 하는 듯한 동네 사람들도 보였는데 그 사람들이 타는 배는 마치 대나무로 짠 귀여운 바구니 같아 그 또한 생경했다.

그렇게 느긋하게 앉아있어 보니 그 가게 특유의 분위기를 느낄 수 있어 좋았다. 한국에선 풍경이 아름다운 곳은 모두 대형 프랜차이즈 카페들이 차지하고 있는 데다가 서울에 있는 가게나 제주도에 있는 가게나 비슷하게 생겨서 딱히 재미가 없다. 커피도 그렇다. 우리는 대개 매일 똑같은 커피만을 마신다. 그런 커피는 살기 위한 것일 뿐 다른 목적을 가진 커피는 아니어서 무슨 맛인지, 어떤 향이 나는지 등을 거의 신경 쓰지 않고 무신경하게 물처럼, 습관처럼 들이키곤 한다.

그걸 깨닫고 나서부터는 의식적으로라도 가끔이나마 오롯이 즐거움을 위한 커피를, 조금은 이색적이고 특별한 커피와 함께하는 시간을 가지려 노력한다.

그리고 그 시간 속엔 늘 감자가 있다.

오래도록 건강히 함께할 수 있기를. 나의 고양이.

라미감자카페 스타일로 완성된
카페 쓰어다

홍콩식 밀크티와 토스트

홍콩

집사에게는 냥냥 펀치를
식빵에게는 솜방망이를!

홍콩은 덥고 복잡하고 물가도 비싸고 뭔가가 자꾸 휙휙 변하는 관계로 그닥 만만한 여행지는 아니라고 볼 수도 있지만 그래도 항상 다시 가고 싶은 곳 중 하나다.

홍콩의 매력 중 하나는 바로 맛. 홍콩의 맛이란 미슐랭 쓰리스타부터 길거리 음식까지 그 스펙트럼도 다양하다.

그중에서도 후텁지근한 거리를 걷다가 얼음 동동 띄운 밀크티를 만나면 그렇게 반가울 수가 없다. 단 음료를 마시면 더 갈증이 날 때도 있지만 어떤 갈증은 맹물로는 도저히 해결되지 않기도. 이럴 때는 조금 단 것을 마셔줘야만 기운이 난다.

홍콩식 밀크티는 실크스타킹으로 내렸다는 란퐁유엔蘭芳園이 대표적이다. 스리랑카 홍차에 연유를 섞어 달콤고소한 맛. 그렇지만 그 맛이 그립다고 해서 우리 집 부엌에서 스타킹을 꺼내 들 수는 없는 노릇이니 간단하게 분말 형태의 밀크티를 마시는 것도 나쁘지 않다.

실크스타킹으로 내린 홍차에 연유를 더한 것을 홍콩식 밀크티라고 한다면 식빵에 버터를 발라 굽고 연유를 끼얹은 것은 홍콩식 토스트라고 할 수 있다.

'홍콩식'이라는 수식어가 붙은 음식들은 대개 홍콩의 일상적인 음식들이다. 이런 음식들은 작정하고 일 년에 한 번 정도 찾아가는 그런 대단한 식당이 아니라 일상적으로 들락거리는 가게에서만 만날 수 있다.

이런 곳은 대개 좁고 회전율이 빠르다. 합석은 당연지사에 앉자마자 주문을 하지 않으면 되레 보채기도 한다. 가게에 들어가면서부터 자리에 앉기도 전에 "하나요"라고 중얼거리면 "제육 하나!" 하고 주문이 들어

1952년 문을 연 란퐁유엔은
주윤발의 단골집으로도 통한다.

가는 한국의 보통 밥집과도 별 다르지 않은 분위기. 홍콩식 토스트 또한 이런 집에서 내는 음식 중 하나다.

이런 집에서 내는 음식은 보통 저렴하고 평범한 재료를 쓴다. 무첨가 통밀 식빵 대신 보통의 하얀 식빵을 적당히 구워 유기농 버터나 비건 오일 대신 싸구려 버터나 마가린을 바르고 꿀이나 메이플 시럽이 아니라 백설탕을 듬뿍 뿌린다. 밀크티엔 우유 대신 연유를 넣는다.

햄과 소시지 역시
너무나 평범한 것!

건강에 그닥 좋을 것 같지도 않고 이미 다 알 것 같은 맛이지만 알고 있기에 더 당기는 그런 맛의 음식들이 재빠르게 테이블로 날아온다. 음식이 빨리 나온 만큼 손님도 빨리 먹고 나가줘야 한다는 암묵적 룰만 지킨다면 우리도 테이블 앞에서만큼은 이미 홍콩 사람이나 마찬가지다.

야심차게 식빵을 구운 것까지는 좋았는데 때마침 집에 연유가 똑 떨어져 싱가포르산 카야잼을 동원하면서 오늘의 티타임은 홍콩과 싱가포르의 만남이 되었다. 홍콩이라는 도시는 이런저런 문화가 섞인 곳이며 그 범위는 동양을 훌쩍 넘어선다. 홍콩 자체가 영국 해군이 광둥 남쪽의 작은 섬에 상륙하면서 생겨난 곳이기에 당연할 것이다. 하나의 테이블 위에 서양 음식과 홍콩 문화가 공존하는 일도 다반사이니 여기에 카야잼 정도가 슬쩍 끼어든다고 해도 크게 문제될 것은 없다.

최근 몇 년간 대만이나 홍콩 쪽 음료와 간식거리들이 한국에 공격적으로 상륙, 실로 엄청난 인기를 누리고 있다. 맛이란 그 동네의 날씨와도 밀접한 관계가 있는데 한국의 여름도 이제 그 동네 못지않게 더워져서, 그런 맛이 어울리는 날씨가 되어서 그런 걸까. 아직 본격적인 여름은 오지도 않았건만 이번 여름은 또 얼마나 더울지, 상상만으로도 아득해진다.

밀크티 한 잔과 함께 누빈
홍콩의 소호 거리

낯선 사람이 건네는 차이

터키, 이스탄불

수고했어 오늘도.

(포옹 2초 뒤에 반드시 물립니다.)

누군가 집에 놀러 왔을 때 멋진 티테이블을 뽐내고 싶다면 터키식 상차림은 꽤 좋은 선택지가 된다. 일단 무척 이국적인 느낌. 이 이국적인 느낌의 백미는 바로 2단짜리 주전자로 '차이단륵Çaydanlık'이라는 멋진 이름도 갖고 있다.

터키식 홍차, 차이Çay는 왜인지 모르겠지만 꼭 차이단륵으로 내야만 특유의 그 맛이 난다. 그래서 조금 번거로워도 이 주전자를 포기할 수가 없다. 차이단륵으로 차이를 끓이는 방법은 다음과 같다.

차이단륵은 터키의 시장에서 쉽게 볼 수 있다.

① 아래쪽 큰 주전자에 물을 꽤 많이 채우고, 위쪽 작은 주전자에는 찻잎을 적당히 채워 끓인다.

② 아래쪽 큰 주전자의 물이 끓으면 위쪽 작은 주전자를 내려 뚜껑을 열고 큰 주전자에서 끓인 물을 일부 붓는다.

③ 다시 작은 주전자를 큰 주전자 위에 올려서 좀 더 끓인다.

④ 적당히 끓인 뒤 작은 주전자에 우러난 차를 찻잔에 따르고 큰 주전자에서 끓인 물을 부어 취향에 맞게 차의 농도를 맞춘다.

우리가 흔히 접하는 홍차처럼 찻잎에 끓인 물을 부어 내는 일반적인 방식과 달리 이쪽은 찻잎 자체를 펄펄 끓이는 방식이기도 하고, 찻잎을 끓이기 전에 한 번 큰 주전자에서 올라오는 수증기로 작은 주전자 안의 찻잎을 약간 찌는 듯한 과정도 있어 차의 맛이 달라지는 게 아닐까 싶지만 정확한 내용은 알 수가 없다. 그냥 이런저런 방식을 다 써봤지만 경험상 이렇게 해야만 훨씬 맛이 좋다.

차이를 흔히 터키식 홍차라고 부르긴 하지만 우리가 알고 있는 홍차와 차이는 상당히 다르다. 끓이는 과정에서 예상할 수 있듯 훨씬 더 농밀하고 진한 맛. 그러면서도 쓰거나 떫지는 않아 의외로 술술 잘 넘어간다. 그 덕분인지 터키에서는 물처럼 차이를 마신다. 우리로 치면 보리차에 가까운 느낌. 보리차도 차라고 부르기는 하나 그걸 진짜 차로 인지한다기보단 물로 생각하고 마시는 것과 비슷하다.

이스탄불에서 마신 차이들.
나중엔 "배가 불러서 못 마셔요"라고 거절해야 할 정도였고
그걸 사진으로 찍는 걸 이상하게 볼 만큼 일상적.
그래서 훨씬 많은 차이를 마셨지만
사진엔 얼마 남아있지 않다. (물론 카페에서도 판다.)

내가 경험한 이스탄불에선 누군가와 이야기를 하게 될 때는 거의 차이를 내어줬다. "커피 마실래?"보다는 "차이 마실래?"가 더 일반적. 가게에 가도, 호텔에 가도 일단 차이부터 한 잔. 후한 인심에서 비롯된 행동이지만 낯선 사람이 내어주는 음료를 마시는 것 자체가 두렵기도 했고 한편으론 '나중에 터무니없는 영수증을 들이밀며 돈을 받으려는 게 아닐까' 하는 의심도 내내 지울 수가 없었다. (여기다 대고 "얼마인가요?" 물으면 대부분은 화들짝 놀라며 "노 머니!"를 외치곤 했다.)
다행히 이스탄불에 머무르는 동안 그들이 나에게 권한 커피와 차이는 모두 공짜였고 나에겐 아무런 일도 일어나지 않았다. 물론 아무런 의도 없이 음료를 권했다고 말할 수는 없을 것이다. 음료를 매개로 낯선 이방인에게 한마디 걸어보고 싶은 의도 정도는 있지 않았을까. 그래도 그 정도면 순수한 의도라고 용인해줄 수는 있는 범위다.

나는 천성적으로 의심이 많은 사람이다. 내가 누군가의 호의를 순수한 호의로 받아들일 수 있는 날이 오기는 올는지 나 자신도 알 수 없다.

그래서 나에게는 감자가 더욱 소중하다. 감자는 성에 안 차면 내 살점을 떼어낼 기세로 물어뜯기는 해도 절대 악의를 가지고 나를 속이지는 않는 존재. 감자는 자신의 목적을 이루기 위해 교묘한 술수를 부리지는 않는 친구다. 물기 전에는 일단 풍성한 꼬리를 크게 펄럭거리고 귀도 한껏 뒤로 젖혀 일명 '마징가 귀'를 장착해 화가 났음을 공표한 후에야 문다. 적어도 살랑살랑하는 표정으로 다가와서 기습하는 등 사람을 기만하지는 않는다.

오늘도 험난한 세상에 시달리느라 수고한 나 자신. 포근한 감자를 꼭 안아본다.

맛있는 걸 보면
감자가 생각나는 건 어쩔 수 없다.

여름밤의 맛, 바나나 로띠와 수박주스

태국, 치앙마이

과일주스는 언제 어떤 과일이든 항상 좋지만
수박주스는 여름에 참 잘 어울린다.
(하지만 감자는 수박이 싫어!)

상황에 따라 가끔은 커피를 피해야 할 때도 있다. 이럴 땐 과일주스가 좋은 대안이 되어준다. 과일주스는 어떤 과일이든, 언제 마시든 항상 좋지만 그중에서도 수박을 갈아 만든 수박주스는 여름에 참 잘 어울린다.

여름의 계절감을 한껏 품은 과일 중 제일은 수박이건만 솔직히 난 수박을 좋아하지는 않는다. 입천장을 긁는 듯한 까실한 식감도 별로고 잘못 고르면 오이 씻은 물 같은 맛이 나는 것도 싫다.

이 와중에 웃긴 것은 내가 오이는 좋아하는 사람이라는 것. 그렇다고 수박에 설탕을 찍어 먹자니 너무 어린애 같은 행동이라 자존심이 상하는데 수박을 주스로 먹으면 이런 부분들은 많이 해결이 된다. 까실한 식감도 사라지고 설탕을 첨가하는 일에도 죄책감이 덜 든다.

그러면서도 선뜻 수박을 갈아 먹을 생각 자체를 하지는 못했었는데, 그건 '수박주스'라는 개념 자체가 그간 내 머릿속에 없었기 때문일 것이다. 그런 내가 수박주스를 처음으로 맛본 것은 태국에서였다. 신세계가 열리는 기분! '땡모반แตงโมปั่น'이라는 이름조차 깜찍하게 느껴지는 세상 시원달콤한 그 맛!

내 기준에서 수박주스와 가장 잘 어울리는 주전부리는 바나나 로띠โรตี다. 태국의 대표 간식 로띠는 방콕의 야시장 등에서 쉽게 만날 수 있는 메뉴지만 나는 로띠를 치앙마이에서, 무려 로띠 전문점에서 처음 만났다. 단쓴도 아니고 단짠도 아닌, 무려 단단의 조합임에도 수박주스와 함께하는 로띠는 진정한 여름밤의 맛.

누군가는 여름밤의 맛은 시원한 캔 맥주 한 모금이 아니냐고 반문할 수 도 있다. 땀에 젖은 몸을 씻어내며 하루 일과를 마치고 호텔 방의 빳빳한 침대보 위에 앉아서 마시는 캔 맥주의 맛은 분명 매력적이다. 그렇지만 태국은 무려 주류 판매가 금지되는 시간대가 있어 미리 준비해두지 않고서는 아무 때나 캔 맥주를 마실 수 없는 나라다.

태국의 주류 판매 허용 시간은 오전 11시부터 오후 2시까지, 그리고 오후 5시부터 자정까지다. 그 외 시간대에는 포스에 입력 자체가 불가하다고. 도대체 왜인지 한 번쯤 생각해봄 직한 부분인데 난 다음과 같이 내 식대로 해석했다.

- 아침에는 금주. 해장술 불가
- 낮술은 가능하지만 부모도 못 알아볼 정도의 낮술과 낮의 술자리가 그대로 저녁까지 이어지는 행위는 금지
- 야밤의 과도한 음주 금지

Guu
Roti
Tea
Guu Fu

진정한 여름밤의 맛이지만 낮에도 맛있다.

묘하게 건전한 나라라고 생각하면 이해가 될까? 이렇든 저렇든 이것저것 따지는 것은 골 아픈 일이다. 퇴근 후 바로 공항으로 달려 밤 비행기를 타고 치앙마이에 도착하면 밤 10시 가량. 입국 심사를 받고 가방을 찾아 시내로 빠져나오면 거의 12시에 임박한 시간이 되니까 까딱하면 주류 판매 금지 시간에 걸리게 된다.

실제로 한 번은 편의점 냉장고에서 꺼낼 때까지는 문제가 없었는데 계산을 하는 중에 절묘하게 12시가 넘으며 구매에 실패. 당시 안타까운 탄식을 내뱉으며 "내일 다시 와. 내일은 살 수 있어"라던 편의점 알바생의 표정이 아직도 기억나는데 치앙마이에서의 기억은 대개 이런 사소한 것들이다.

물론 나는 이런 방해 공작에도 불구하고 '반드시 캔 맥주를 마셔야겠어!'라며 미리 한국에서부터 쟁여갈 만큼 준비성이 철저하지도 못하고 굳이 그렇게 할 만큼 캔 맥주를 좋아하는 것도 아닌 사람. 못 마시면 그냥 '못 마시나 보다' 하는 심정일 뿐. 그리고 캔 맥주가 안 되면 대신에 수박주스를 마시면 되지 않는가.

그냥 치앙마이에서 보내는 늦은 밤에는 수박주스를 마시는 것으로!

로띠에 아메리카노.
단쓴의 조합도
나쁘지 않다.

바나나 로띠 간단 레시피

준비물: 바나나 1개, 달걀 1개, 또띠아 1장, 초코 시럽, 연유

STEP1.

얇게 썬 바나나에 달걀물을 묻힙니다.

STEP2.

또띠아를 약불에 올려 구우면서

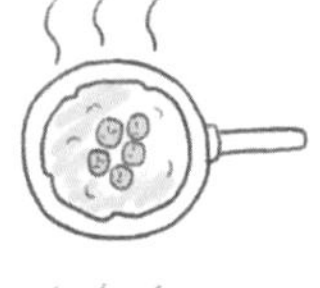

가운데에 달걀물 묻힌 바나나를 올립니다.

남은 달걀물을 같이 부어줘도 좋아요.

STEP3.

또띠아를 네모 모양으로 접어

뒤집개로 꾹꾹 누르며 굽다가

팬에서 내려 초코 시럽과 연유를 끼얹으면 끝.

롱블랙과 아메리카노의 관계

호주, 시드니

샷에 물 타든 물에 샷 타든
커피보다는 팀탐이 더 탐나는
감.자.선.생

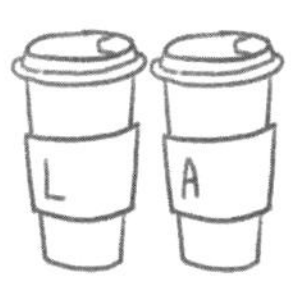

"호주에는 아메리카노가 없다. 대신 롱블랙이 있다"는 얘기는 이미 엄청나게 유명하다. 그렇다면 아메리카노와 롱블랙은 어떤 관계인 걸까?

보통 둘은 만드는 방법으로 구분된다. 아메리카노는 샷에 물을 탄 것이고 롱블랙은 물에 샷을 탄 것이라고. 알쏭달쏭한 얘기다.

롱블랙은 샷을 나중에 넣기 때문에 아메리카노보다 크레마가 살아있어 커피 본연의 맛과 향이 더 강하다고 하는데 사실 잘은 모르겠다. 커피를 잘 뽑는 사람은 아메리카노로도 잘 뽑을 것 같아서. 같은 사람이 내려준 아메리카노와 롱블랙을 비교 분석하면서 마신다면 모를까, 아무튼 큰 차이는 느끼기 어렵다는 것이 내 입의 주장. 심지어 바리스타의 그날 기분이나 일하는 스타일에 따라 롱블랙과 아메리카노를 랜덤으로 먹게 될 가능성도 있다.

내가 궁금한 것은 이 부분이다. 샷에 물을 타든 물에 샷을 타든 그 순간에 일시적으로는 다를 수 있지만 카페에서 커피를 받아 자리로 들고 오는 동안 와장창 흔들려서이든 시간이 오래 지나서이든 결국 그 혼합물은 같아지는 게 아닐까? 그렇다면 그 구분에는 어떤 의미가 있을까?

롱블랙일까
아메리카노일까?

롱블랙과 아메리카노의 차이에 대한 의견은 분분하지만 보통 롱블랙은 아메리카노보다 진하다. 하나의 샷을 기준으로 아메리카노에 들어가는 물보다 롱블랙에 들어가는 물이 더 적기 때문. 하지만 이 설명에도 의문은 있다. 롱블랙이 너무 진하다 싶어 물을 더 타게 되면 '짠' 하며 그 때부터 아메리카노로 변하는 것일까? 커피의 농도라는 것은 개인의 취향에 크게 좌우되는 부분이 아니었던가.

역시 세상에는 명확히 알 수 없는 일투성이다. 차라리 두 단어의 관계를 '지역 방언' 정도로 생각하는 것이 더 속 편할 수도 있겠다.

호주의 카페에서는 롱블랙 외에도 숏블랙, 플랫화이트 등 독자적인 용어를 많이 쓴다. (플랫화이트는 요즘 들어 한국의 카페에서도 쉽게 접할 수 있게 되기는 했다.) 그만큼 '커피부심'이 있는 곳이라 무심결에라도 아메리카노를 주문하면 그런 음료는 없다고 면박을 주거나 바리스타들이 째려본다는 등 무시무시한 소문이 자자했지만 내가 경험한 시드니에서의 날들로만 한정해보면 딱히 그렇지는 않았다.

롱블랙이 내 입에는 너무 썼기 때문에
호주에서는 우유가 들어간 커피를 더 많이 마셨다.

그렇지만 시드니에서 만난 롱블랙은 내 입에는 무지 진하고 썼다. 입에서만 쓴 게 아니라 속 쓰림이 걱정될 정도의 세기. 여기에는 달디단 팀탐이 딱 어울린다. 팀탐이 호주의 국민 간식으로 자리를 잡은 데에는 아마 롱블랙도 한몫하지 않았을까. 정작 호주 사람들은 팀탐과 궁합이 좋은 음료로 커피보다는 흰 우유를 꼽는다지만.

여러 의문을 마음에 품은 채, 오늘은 미리 끓여둔 뜨거운 물에 샷을 타봤다. 만드는 방식만 놓고 본다면 롱블랙. 하지만 뜨거운 물의 양은 아메리카노 수준. 그렇다면 내가 오늘 마신 커피는 과연 무엇이라 불러야 하는 걸까.

분명 나에게는 확실한 이름이 있다. 타인과 구분될 수 있는 나만의 특징이 있는지는 잘 모르겠지만 그래도 이름은 있다. 다른 이들은 대체 나를 어떻게 구분해내어 나의 이름을 부르는 걸까? 그것은 아마 내가 알 수 없는 부분일 것이다.

그 와중에 확실한 것은 나는 감자에게 온 다리를 물어뜯겨 피를 철철 흘릴 때에도 감자를 사랑한다는 것. 어느덧 감자를 사랑하는 일이야말로 나의 정체성이 되어버렸다. 어쩌면 그것만으로 충분할지도 모르겠다.

시드니에서의 롱블랙.
사약 수준이었다.

마음을 다해, 터키쉬 커피

터키, 이스탄불

달다구리한 터키의 기쁨은

라미와 감자의 기쁨이 되어준다.

오늘의 커피는 출장에서 복귀한 회사 동기에게 선물 받은 터키쉬 커피.

고운 커피 가루를 물에 타서 손잡이가 긴 동 주전자 '체즈베Cezve'에 넣고 펄펄 끓여내는 것이 바로 터키쉬 커피다. 뜨겁게 달군 모래나 숯을 이용해 체즈베를 가열하는 것이 정석이지만 가정집에서는 어려운 일이라 버너로 대신해본다.

모래 대신 버너로 끓여냈다.

이런 식으로 끓인 커피는 마치 한 그릇의 탕국 같다. 옛날 우리 조상님들이 커피를 처음 접하고는 '양탕국洋湯麴'이라고 불렀다고 하는데 그 심정이 딱 이해되는 맛이다.

커피 가루를 따로 걸러내는 절차가 없기 때문에 사람에 따라서는 '커피가 개운하고 깔끔해야지, 뭐 이리 텁텁해?'라고 느끼기도 한다. 터키쉬 커피가 항상 물과 함께 서빙되는 데는 다 이유가 있다.

커피 한 잔에 반드시 물 한 잔

커피가 이렇기 때문에 여기에는 달다구리를 곁들이는 것이 거의 필수적이다. 터키의 달다구리를 이야기하며 로쿰Lokum을 빼놓을 수는 없는 노릇. 영어로는 터키쉬 딜라이트Turkish delight라 불리는 로쿰은 옥수수 전분과 장미수, 꿀을 기본으로 하는 부드럽고 쫄깃한 군것질거리인데 안에는 대개 피스타치오 등 견과류가 실하게 들어있다.

〈나니아 연대기 – 사자, 마녀, 그리고 옷장〉에서 에드워드가 이 맛 때문에 마녀에게 형제들을 팔아넘기는 장면이 있는 등 이미 유명해질 대로 유명해진 터키의 전통 젤리 로쿰. 그렇지만 젤라틴으로 만든 게 아니어서 엄격히 따지자면 젤리라고는 할 수 없고 식감이 그렇다는 것뿐이다. 다르게 표현하자면 떡과 엿의 중간 정도 느낌이라고 할 수도 있는데 떡처럼 포만감을 주거나 엿처럼 이에 달라붙지는 않는다. 심각하게 달지 않으면서 특유의 장미 향기와 견과류의 고소함이 아주 인상적. 먹는 내내 쫀득하고 향기로워 좋았다.

알록달록 형형색색의 로쿰들.
얼핏 보석을 떠오르게 한다.

커피를 마시고 나면 커피잔 안쪽에 마치 진흙처럼 커피 가루가 남는데 터키 사람들은 이 가루의 모습을 가지고 점을 친다. 터키의 커피 점은 16세기부터 이어져 온 것으로 오랜 역사를 지녔고 그만큼 복잡. 무려 유네스코 세계 인류 무형 문화유산으로 등록도 되어있다.
이런 점괘는 역시 현지 뒷골목의 용한 할머니에게 봐야 하는데 아무래도 언어적인 장벽이 있으니 쉽지는 않다. 커피 점을 배우고 연습하는 용도가 아닌 한, 보통 자기가 자기 잔을 읽지 않는 것이 원칙이지만 커피 점은 대략 이렇게 본다.

① 마지막 모금을 마시며 소원을 빈다.

② 커피잔 위에 받침을 얹어 입구를 막고 가슴 높이로 들어 올려 세 번 정도 돌린다.

③ 재빨리 뒤집어서 10분 정도 둔 후, 천천히 커피잔을 들어 올려 잔 안에서 커피 가루가 어떤 모습으로 흘러내렸는지를 보고 해석한다.

커피 점의 대략 해석은 다음과 같이 한다.

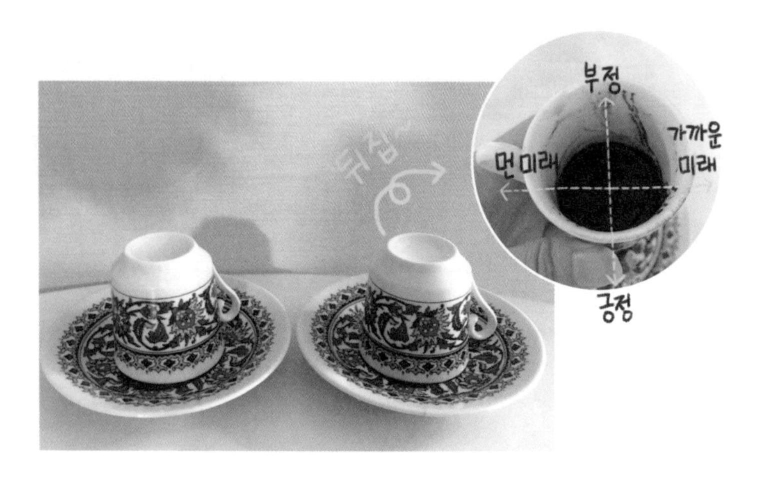

커피잔 손잡이를 왼쪽으로 둔 상태에서 위쪽은 부정적인 일,

아래쪽은 긍정적인 일. 왼쪽은 먼 미래, 오른쪽은 가까운 미래.

예를 들어 원 안과 같은 모양은 가까운 미래에 부정적인 일이 약간 있을 것으로 읽는다.

그 외 하트 모양 등이 나타나는 것은 모양 자체의 의미에 따라 해석한다.

커피잔과 커피잔 받침이 밀착되어 떨어지지 않는 경우는

'예언자의 컵'으로 불리는 이른바 대운!

잔 안쪽의 침전 형태를 읽을 필요도 없이 점괘 보기 종료.

여기서 중요한 것은 점괘 보기를 시작하기 전에 마지막 모금을 마시며 소원을 빈다는 대목이다. 마음을 다해 간절히 원하면 커피잔 안쪽에서 흘러내리는 가루의 모습이 달라질 수 있다는 것, 더 나아가 앞으로의 인생이 달라질 수 있다는 것.

그런 희망은 오랜 시간 우리를 지탱해온 힘이었다. 좋아질 일은 별로 없는 데 반해 나빠질 일은 곳곳에 산재해있다는 것, 나아지기보다는 한 번의 실수로 인해 나락으로 곤두박질치기가 더 쉽다는 것도 모두 알고 있지만 그럼에도 막연하게 '내일은 잘될 거야' 하는 근거 없는 희망을 가지는 것이 우리네 인생. 포기할 수 없는 희망을 품고 오늘도 감자와 함께 가열차게 커피잔을 뒤집어본다.

터키에서는 스타벅스에서도
'터키쉬 커피'를 만날 수 있다.

커피 점은 재미로만.

맹신은 금물!

한여름의 크림 빠진 크림티

마카오

감자의 분홍 코를 닮은

분홍 찻잔

차와 그에 곁들이는 3단 트레이 위의 화려한 주전부리들을 통틀어 '애프터눈티'라고 한다. 애프터눈티보다 조금 단출한 찻상은 '크림티'로 볼 수 있다. 크림티는 차와 스콘, 과일잼과 우유로 만든 클로티드크림으로 구성되는데 우리 집 냉장고에 클로티드크림 같은 것이 있을 리 없으므로 오늘은 크림 빠진 크림티타임을 가졌다.

크림 빠진 크림티는 소스 없는 돈가스, 식초 없는 냉면에 비유되고는 하지만 본래 홈카페란 그런 것이다. 있으면 있는 대로 없으면 대체품을 사용하거나 그마저도 없으면 그저 없는 대로 꾸린다. 그렇게 상을 차린다고 해서 감자가 이게 뭐냐며 이의를 제기할 것도 아니고 이 짓도 못 해먹겠다고 스콘을 집어던질 것도 아니니 아무 상관없다. 내 입에 충분히 맛있고 이 시간이 행복하면 됐지, 대충 사는 게 뭐 어때서!

18~19세기 즈음, 영국의 한 공작부인이 허기를 달래기 위해 차에 빵 등을 곁들여 먹기 시작했고 이 티타임에 지인들을 초대하면서 시작되었다고 알려진 애프터눈티. 그 시절에 차에 달다구리들을 곁들인 것은 어쩔 수 없는 선택이었을 것이다. 예전에는 하루에 아침과 저녁, 두 끼만을 먹었기 때문에 당연히 중간쯤에 미친 듯이 배가 고팠을 것이고 그 허기를 달래기 위해 애프터눈티든 크림티든 뭐라도 먹어야만 했을 테니까.

때문에 지금 우리가 하루 세끼를 또박 다 챙겨먹으면서 그 중간에 이런 간식 시간을 가지는 것은 투머치일 수도 있다. 이런 티타임은 영국 상류층 귀족들 사이의 세련된 사교 모임 이미지가 강하지만 귀족이든 아니든 배고픔 앞에서 우린 다 똑같은 인간. 허겁지겁 우걱우걱하고 싶은 본능을 억누른 채 고상한 척 하하호호 하며 우아한 몸짓으로 조금씩 깨작깨작 먹었을 것을 생각하니 절로 웃음이 난다.

영국의 지대한 영향을 받은 홍콩에도 한 번쯤 경험해보고픈 애프터눈티들이 많다. 격식을 갖춘 애프터눈티는 주로 대형 호텔에서 운영하기에 가격대도 만만찮고 그나마도 사전에 예약을 하지 않으면 만나기 어려운데 경우에 따라서는 그 호텔 투숙객만 예약이 가능한 경우도 있어서 이래저래 쉽지 않다. 예약 없이 방문했다간, 입속에 후딱 털어 넣고 일어설 만한 메뉴도 아니기 때문에 자리가 날 때까지 몇 시간을 기다려야 할는지도 알 수 없다. 홍콩과 붙은 마카오가 약간 상황은 나은 편. 그렇게 나는 마카오에서 애프터눈티를 겨우 맛봤다.

애프터눈티는 보통 담백한 베이커리류(스콘, 마들렌 등)와 짭조름한 샌드위치류, 달달한 디저트류(마카롱, 조각 케이크 등)로 구성되는데 이 순서대로 맛보는 것이 즐거움을 극대화한다고 알려져 있다. 가끔 손님을 대접하기 위한 용도라면 3단 구성의 애프터눈티를 준비하는 것이 폼 나긴 하겠지만 일상적으로 누리기엔 너무나도 사치스럽다. 사치란 꼭 돈에 국한된 이야기는 아니고 매번 이만큼씩이나 종류별로 구비하여 뱃속에 넣는다는 사실 자체도 포함이다.

마카오에서야 겨우 맛본 애프터눈티

부담 없이 시시때때로 즐기기엔 역시 크림티가 제격. 스콘은 시중에 판매하는 핫케이크믹스를 활용하면 에어 프라이어로 뚝딱 구워낼 수 있으니 간편하기 그지없다. 최대한 간단하게 약식으로 준비하여 최대의 즐거움을 누린다는 것이 바로 라미감자카페의 철학.

라미감자카페 만세!

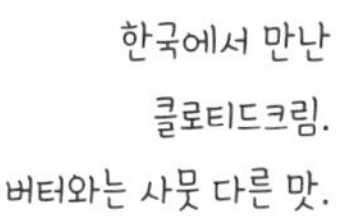

한국에서 만난
클로티드크림.
버터와는 사뭇 다른 맛.

클로티드크림은 저온살균처리하지 않은 원유를 가열하여 만드는 것이 원칙인데 한국에서는 개인이 이러한 원유를 구하는 것 자체가 어렵기에 정통 방식대로 직접 만들기는 어렵다. 대신 수입산 완제품은 대형 마트나 인터넷 쇼핑 등으로 쉽게 구할 수 있다.

스콘 간단 레시피

(with 에어 프라이어)

준비물: 버터 2스푼, 달걀 1개, 핫케이크믹스 2컵

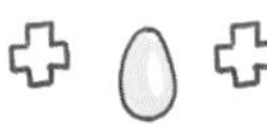

STEP1.

버터 2스푼을 녹인 후

달걀 1개와 핫케이크믹스 2컵을 넣고 함께 반죽합니다.

STEP2.

적당한 크기로 뚝뚝 떼어내어

서로 멀찍이 떼어놓은 상태

(구워지며 부풀기 때문에 가까이 두면 달라붙습니다)로

180도에서 15분.

뒤집어서 10분 구워내면 완성!

반죽이 익는 상태를 보아

굽는 시간은 조율하세요.

네덜란드의 진짜 마약, 스트룹와플

네덜란드, 암스테르담

감자마저 홀린 것을 보면
마약은 마약이다.

마약 김밥에 마약 옥수수, 그리고 마약 토스트까지! 맛있어서 자꾸 당기는 먹거리들에 '마약'이라는 접두어가 붙는 일은 흔한 일이 되어버렸다. 그건 아마도 한국이 마약 청정국이기 때문에 '마약'이라는 단어를 아무렇지 않게 사용할 수 있었던 것인데 요즘 연이어 들리는 뉴스를 보자니 꼭 그렇지도 않은 것 같아 이제는 이런 표현도 지양해야 하지 않을까 싶다. 이대로라면 '마약 토스트'가 지금의 그 의미가 아니라 진짜 마약 성분이 들어간 토스트를 부르는 상황이 되어버릴지도 모른다.

각종 마약들(!)의 공급처치곤
정겨운 광장시장의 풍경

'마약'이라고 하면 대표적으로 떠오르는 곳은 바로 네덜란드다. 네덜란드는 대마초를 비롯해 각종 (중독성이 적은) 마약을 용인하는 곳으로 유명하다. 마약 토스트로 아침을 시작하다 보니 문득 암스테르담에서의 추억이 떠오른다. 시내 곳곳에 운하가 흐르고 그 운하를 따라 조그만 집들이 늘어선 예쁘장한 도시!

식빵에 달걀을 올렸는데
마약이 되었어요!

하지만 주요 거리에서 한 블록만 들어가면 대낮에도 불을 밝힌 홍등가가 나타나고 대마초 특유의 누린내가 진동한다. 쿨해도 이렇게 쿨할 수가 있는가? 이른바 반전 매력(?)의 도시라 할 수 있다.

동화 같은 거리의
조금 안쪽을 들여다보면,

조심해야 할 곳이 보인다.

암스테르담에서 커피를 마시고 싶을 때는 조심해야 한다. 'coffee shop'(①)이라는 간판을 내건 곳들은 커피가 아니라 대마초를 판매(②)하는 곳이다. 담배 형태로 된 대마초도 팔고 대마 브라우니(!), 대마 쿠키(!!) 등 말 그대로 마약 브라우니와 마약 쿠키를 판다. 마음 편히 커피를 마시려면 'coffee shop'이 아니라 반드시 'cafe'(③)로 가야 한다.

커피숍이 아닌 '카페'는 청정지역!

'스스로 책임질 수 있고 타인에게 해를 끼치지 않는 자유는 금지되어서는 안 된다'는 것이 네덜란드의 기본 사상이지만 한국은 속인주의(행위를 한 지역이 아니라 그 사람의 국적에 따라 법을 적용하는 것)를 따르기 때문에 한국인은 네덜란드든 어디서든 마약을 하면 처벌을 받는다. 네덜란드에서 마약을 허용하든 말든 한국인과는 상관없는 이야기다.

그 와중에 내가 네덜란드에서 배워온 '마약'은 바로 요 '스트룹와플 Stroopwafel'이다. 스트룹와플은 두 장의 아주 얇은 와플 사이에 시럽이 들어있는 것으로 따뜻한 커피잔 위에 올려두면 커피에서 올라오는 따뜻한 기운으로 와플도 촉촉해지고 시럽도 살짝 녹으면서 '쫀득'과 '끈적'의 중간 정도 상태가 된다. 와플을 한입 베어 물고 쓴 커피도 한 모금 머금으면 쫀득한 와플의 식감과 달콤한 시럽의 맛, 그리고 커피 향기가 확 올라오면서 정말 황홀한 기분이 든다.

암스테르담 스키폴공항에
산처럼 쌓여있는 스트룹와플

이런 기분을 느끼려면 반드시 따뜻한 커피 위에 와플을 올려두고 어느 정도 기다려야 한다. 바쁜 아침에 허겁지겁 커피를 때려 붓고 빵 조각을 쑤셔 넣는 식으로는 슬프게도 이 맛을 즐길 수가 없다. 그렇다고 커피 위에 와플을 올려두고 급한 일들을 처리한답시고 자칫 한눈을 팔다가는 와플이 부드러워지다 못해 흐물텅해지면서 커피잔 안으로 풍덩 빠져버려 망해버리고 만다. 한마디로 휴일에만 가능한 맛. 감자의 참견만 극복할 수 있다면 :-)

마약 옥수수라는 부제가 붙어있던
초당 옥수수(단속반 감자)

길 위에서 만난 감자의 친구들

– 이스탄불의 야외 카페

생햄의 시대, 프로슈토와 하몽

이탈리아, 피렌체와 스페인, 바르셀로나

짭조름하고 고소한 프로슈토와 치즈,
달달한 초콜릿의 조합은
어쩔 수 없이 와인을 부른다.

요 근래 생햄의 시대가 열렸다. '햄=싸구려 음식'이라는 이미지를 탈피하는 데 일조한 유럽의 생햄들은 이탈리아의 프로슈토Prosciutto, 스페인의 하몽Jamón 외에 프랑스의 잠봉Jambon, 포르투갈의 프로슌토Presunto에 이르기까지 그 종류도 다양하다. 그중 한국에서 가장 유명한 것은 이탈리아의 프로슈토와 스페인의 하몽이 아닐까 싶다. 그렇다면 그 둘의 차이는 무엇일까?

흔히 이탈리아의 프로슈토는 하얀 돼지로, 스페인의 하몽은 이베리코 품종의 검은 돼지로 만들었다고 구분하지만 하몽 중에는 하얀 돼지로 만드는 것도 있기 때문에 이 구분법은 옳지 않다. (때때로 하몽은 아예 '이베리코 돼지로 만든 생햄'으로 통하기도 하는데 이베리코가 아닌 다른 품종으로 만든 하몽도 있으니 이 내용도 사실은 아니며 이베리코 품종의 검은 돼지로 만든 하몽은 '검은 발굽'이 달려있어 그나마 확실히 알아볼 수 있다.)

바르셀로나의 하몽 판매 매대

둘 다 결국 돼지 뒷다리에 소금을 뿌려 수분을 제거하고 숙성시켜 만든 생햄이라는 점은 같으나 프로슈토와 하몽의 명확한 차이는 간단하게 '만든 나라의 차이'로 볼 수 있다. 그런데 만든 나라가 다르다는 것은 돼지의 품종이나 숙성 환경과 방식 등이 모두 다르다는 이야기이기도 해 해석하기에 따라서는 하나부터 열까지 모두 다르다고 보는 쪽이 타당할 수도 있다.

프로슈토이든 하몽이든 짭조름하면서 고소한 맛이 일품이라 술안주로 참 좋은데 특히 달달하고 수분이 많은 과일을 곁들이면 폭발적인 시너지를 일으킨다. 이른바 단짠! 이런 관점에서 이탈리아의 '프로슈토와 멜론'은 신의 조합으로 볼 수 있다. 물론 단 과일이 아니라 아예 치즈를 추가해 짭잘고소한 맛을 배가시키는 전략도 나쁘지 않다. 샌드위치 속으로도 훌륭한 재료다.

술안주로 참 좋은데…

나는 생햄 샌드위치에 대한 웃지 못할 기억을 하나 가지고 있는데 그건 피렌체의 유명 생햄 샌드위치에 대한 것이다.

당시 방문했던 그 샌드위치 집은 인기가 많아 길게 줄을 늘어서는 곳이었기 때문에 원활한 주문을 위해 빵은 뭘로 할지, 햄은 어떤 종류로, 야채와 소스는 어떻게 할지 등을 미리 생각하고 달달 외워 갔다. 성공적으로 주문을 마치고 샌드위치를 받아 나오니 두어 방울씩 빗방울이 떨어지고 있었고 비를 피할 수 있는 곳으로 자리를 옮겨 샌드위치를 맛보기 시작했다.

그런데 반쯤 먹었을 때 갑자기 어디선가 집시 할머니가 나타나 다짜고짜 내 샌드위치를 빼앗았다. 약삭빠른 속임수를 쓰거나 손장난을 친 것도 아니고 말 그대로 완력으로 강탈한 것이라 당시 '이탈리아에 소매치기가 많다고는 익히 들었지만 먹던 음식도 훔쳐가나?' 싶어 어안이 벙벙했던 기억이 난다.

이탈리아와 스페인에서 만난 생햄이 듬뿍 들어간 샌드위치들(을 눈앞에서 강탈 ㅠ)

35.00€
LOCALE RECENSITO
CERES

지난 밤, 와인에 곁들여 먹고 남은 프로슈토를 활용해 뚝딱 샌드위치를 만들었다. 간밤의 들썩거림은 온데간데없이 사라진 고요한 아침. 곧 출근이다.

회사 가라 냥

다람쥐 커피의 귀여운 진실

베트남, 하노이

다람쥐 커피는
다람쥐의 배설물로 만든 게
아니랍니다.

커피에 대한 관심이 커지며 독특한 커피를 찾는 이들도 늘고 있다. 그중 하나가 동물의 배설물 커피. 이쪽 계통에서 가장 유명한 커피는 사향고양이의 변에서 소화되지 않고 배설된 커피 생두를 골라내어 만들었다는 루왁Luwak 커피인데 인도네시아의 특산품으로 잘 알려져 있다.

특유의 후각을 발휘해 잘 익은 커피 열매만을 귀신같이 골라 먹는다는 사향고양이. 루왁 커피가 독특한 풍미를 내는 이유는 크게 두 가지로 설명되곤 한다.

- 커피 열매들이 사향고양이의 소화효소에 의해 발효되면서 독특한 풍미를 가지게 됨
- 커피 열매가 사향고양이의 소화기관 안에서 사향고양이가 섭취한 다른 과일과 열매들의 향을 흡수하면서 커피 이상의 다양한 향을 품게 됨

사람들의 관심이 높아지며 사향고양이의 변을 채집하는 것만으로는 그 수요를 맞출 수 없게 되자 아예 사향고양이를 집단 사육하는 추세로 바뀌면서 여러 문제들이 벌어지고 있다. 비위생적이고 좁은 공간에 사향고양이를 가둬놓거나 다른 먹이는 일절 주지 않은 채 커피 열매만을 먹여 사향고양이들이 영양실조에 걸리게 되는 일도 잦다고 한다. (어차피 커피 열매만을 먹고 배설해낸 커피에는 다른 과일의 향이 배어있지 않아 자연산 루왁에 비해 풍미가 떨어진다는 평도 있다.)

태국에는 비슷한 방식으로 생산하는 블랙아이보리Black ivory 커피가 있다. 일부 5성급 호텔에서만 맛볼 수 있다는 이 커피는 무려 코끼리의 배설물로 만든 커피. 코끼리는 워낙 대식가라 도저히 커피 열매만 먹일 수는 없어 그나마 동물 학대 논란에서 자유롭다고 하기는 하나 이런 커피가 세상에 꼭 존재해야 하는지는 여전히 의문이다.

베트남은 사향고양이가 아니라 사향족제비의 변을 활용한 위즐Weasel 커피를 주력 상품으로 낸다. 루왁 커피에 비해 위즐 커피가 가격은 좀 더 저렴한 편. 아직까지 사향족제비의 사육 실태에 대해 들어본 적은 없지만 아마도 코끼리보다는 사향고양이와 비슷하지 않을까 싶기는 하다.

베트남에서 팔리고 있는 수많은 위즐 커피들이 모두 '진짜' 위즐 커피인지는 알 수 없지만 가짜면 가짜인 대로 속은 기분이라 찜찜하고 진짜면 또 진짜인 대로 이용당하는 동물들 생각에 찜찜할 수밖에 없다.

나의 즐거움을 위해 다른 생명이 고통받아야 한다는 것은 불편한 일이다. 동물과 함께 살고 있는 입장에서는 더더욱 그렇다. 내 고양이에게는 쩔쩔매면서 남의 고양이는 지금 내 눈앞에 보이지 않는다는 핑계로 학대받거나 말거나 하며 외면할 수는 없는 일이다.

선물을 받아 먹기는 하지만…

그런 의미에서 다람쥐 커피는 마음 편히 마실 수 있는 착한 커피다. 베트남 쇼핑 필수템으로 통하는 다람쥐 커피는 다람쥐의 배설물 커피가 아니기 때문. 그렇게 잘못 알려졌을 뿐인데 동물의 배설물 커피에는 '희귀한 고급 커피'라는 이미지가 있기 때문에 어쩌면 그런 오해를 은근히 이용하는 걸 수도 있다.
아무튼 다람쥐 커피는 조그만 다람쥐가 오물오물하며 헤이즐넛을 깨물어 먹는 모습을 모티브로 하여 브랜딩에 사용했을 뿐. 어차피 다람쥐는 커피 열매를 먹지도 않는다. 이것이 바로 다람쥐 커피의 귀여운 진실!

다람쥐 커피는 마트에
산더미같이 있어 구하기도 쉽다.

베트남 커피에는 베트남식 먹을거리가 어울린다. 오늘의 간식은 바삭한 바게트 속을 달걀과 고기, 야채로 꽉 채운 반미. 고수는 취향껏 :-)

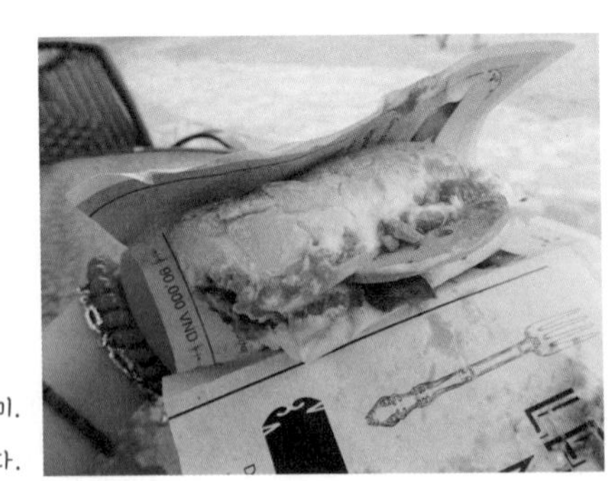

베트남에서 먹었던 반미.
별것도 아닌데 가끔 그립다.

마카롱은 왜 비싼가

프랑스, 파리

감자와 마카롱은

약간의 여지도 주지 않는다.

시장경제의 논리에 따라 공급이 수요를 따라가지 못하면 가격은 비싸진다. 반대로 공급이 늘어나면 가격은 내려간다. 하지만 마카롱의 세계에서만큼은 이 원칙이 통하지 않는 것 같다. 몇 년 전에 비해 마카롱은 분명 더 흔해졌지만 가격에는 그닥 변동이 없다. 아니, 도리어 가격은 더 오르고 있는 것 같기도 하다.

아마도 그건 마카롱을 만드는 데 굉장한 품이 들기 때문일 것이다. 마카롱은 만들기가 엄청나게 까다로운 녀석이라 눈대중으로 계량을 한다거나 굽는 온도를 대강 맞춘다면 더 해볼 것도 없이 실패다. 너무 달다 싶어 설탕 양을 줄여도 그 모양이 안 나오고, 필링의 농도를 잘못 맞춰도 망한다. 꼬끄를 만들기 위해 머랭을 칠 때 자칫하면 너무 딱딱해져 돌덩이가 되기도 한다.

이 모든 관문을 무사히 통과해 오븐까지 갔다고 해도 굽다가 깨지거나 들러붙거나… 정말이지 너무 예민해서 "이렇게 정신력을 소모하느니 그냥 몇천 원 주고 사먹는 게 낫겠다" 소리가 절로 나오기 마련이다.

보통의 세상일은 한 가지가 잘못되어도 만회할 만한 다른 수가 생기거나 혹은 아예 다른 길이 생기는 등 약간의 여지라는 게 주어지지만 마카롱은 그렇게 양해해주는 법이 없다. 그냥 안 된다. 만약 마카롱이 말을 할 수 있다면 응, 안 돼, 돌아가, 이렇게 세 마디만 할 수 있는 건지도 모를 일. 너무 단호해서 야속할 지경.

프랑스에서 만난 마카롱들, 떼샷

마카롱의 가격은 말 그대로 인건비와 기술비다. 그렇다고 해서 한입거리 설탕 덩어리가 몇천 원씩 하는 게 정상이냐는 비난을 피할 수는 없겠지만 말이다.

그래서 요즘의 마카롱은 그 가격이 수긍될 만한 근거를 마련하는 쪽으로 아예 노선을 바꾼 것 같다. 필링의 양을 한껏 늘려 뚱카롱이 된다거나 독특한 맛과 식감을 자랑한다거나 '비싼 값을 하는구나' 싶을 만큼 개성 있는 모습을 갖춘다거나. 다양한 마카롱들이 늘어나면서 우리 집 티테이블도 더욱 화려해졌다.

비싼 값을 하는구나

비싸다는 것 외에 우리는 마카롱에 대해 얼마나 알고 있을까. 막간 마카롱 상식 몇 가지.

우리가 흔히 알고 있는 마카롱은 두 개의 꼬끄 사이에 필링이 들어간 형태인데 이는 '라뒤레'에서 처음 개발한 것이라고 한다. 그전에는 필링이 없었다고.

필링이 없는 형태의 초기 마카롱은 프랑스가 아니라 이탈리아에서 온 것이라 '마카롱의 원조'를 논할 때 프랑스와 이탈리아는 늘상 신경전을 벌이곤 한다.

이탈리아의 마카롱이 프랑스로 넘어오게 된 계기는 바로 결혼. 중세시대에 각국의 왕조와 세력가 등은 외교 정책 및 세력 확장의 일환으로써 결혼을 택했다. 이탈리아 피렌체를 기반으로 한 유명 상인 가문인 메디치가 출신 카트린 드 메디시스와 프랑스의 발루아 왕조 앙리 2세의 결혼 또한 그랬다.

메디치가 입장에서 왕가의 사돈이 된다는 것은 오래도록 흠모하던 권위를 얻는 것이었고 프랑스 왕가 입장에서도 이탈리아의 실세나 다름없는 메디치가와 연을 맺는 것은 무척 좋은 기회였을 것. 아무튼 카트린이 프랑스로 시집을 오면서 프랑스로 이탈리아 요리가 여럿 전해졌는데 마카롱도 이 중 하나이며 이때 피에스 몽테, 프랑지판, 아이스크림의 일종인 샤벳 등도 함께 들어왔다고 알려져 있다.

마카롱은 '반죽을 치다'라는 뜻의 이탈리아어 마카로네(Maccerrone)에서 유래된 말이다.

몰라도 맛있어!

와플의 세계

벨기에, 안트베르펜

생긴 건 리에주 와플을 닮았고
초코 시럽을 듬뿍 바른 것은 브뤼셀 와플을 닮은
근본 없는 초코 와플이지만
맛있으면 용ㅋ서ㅋ

한국에 들어온 이국의 것들은 미국을 거쳐서 온 것들이 많다. 하지만 미국식 뭐시기에는 쉬이 정이 안 간다. 뭐든지 속성으로 빠르게 원조를 베끼면서 원조에 비해 굉장히 큰 사이즈로 뚝딱 만들어낸다는 점이 썩 마음에 들지 않기 때문. 이탈리아 피자에 비해 미국식 피자가 그렇고, 스페인 츄러스에 비해 미국식 츄러스가 그렇다. 와플 또한 마찬가지. 미국식 뭐시기들이 죄다 맛이 없다는 의미는 아니고 다만 그 사상이 별로라는 것이니 부디 오해가 없길 바란다.

와플의 원조는 벨기에지만 빵을 부풀릴 때 이스트를 사용했는지 베이킹소다를 사용했는지에 따라 벨기에 와플과 미국식 와플로 구분할 수 있다. 물론 겉모습만으로도 판별이 가능한데, 크고 '둥글납작'한 쪽이 미국식 와플이다.

벨기에 와플은 주로 간식으로 먹는 메뉴지만 미국식 와플은 달달한 시럽에 달걀이나 베이컨 등도 함께 곁들여 아침식사 대용으로 먹는 경우가 많다.

웃긴 것은 안트베르펜에서 묵었던 허름한 숙소의 아침 식당에 깨알같이 셀프 와플 기계와 와플 반죽이 마련되어있었다는 것. '우리 와플이 원조인 것은 맞지만 굳이 네가 아침부터 미국식으로 먹겠다면 그것도 인정해주겠어' 하는 여유랄까.

인정 받는 느낌

미국식 와플은 차치해두고 벨기에 와플에 대해 좀 더 이야기해보자. 벨기에 와플은 브뤼셀 와플과 리에주 와플로 한 번 더 세분화할 수 있다. 브뤼셀 와플은 네모난 형태에 '겉바속촉'의 대명사로 통하는 식감. 리에주 와플은 둥근 모습에 더 커다란 격자무늬, 다소 쫄깃한 느낌이 난다. 이제 와서 생각해보면 내가 안트베르펜에서 먹었던 와플은 브뤼셀 와플이었다. 당시에는 가을비를 흠뻑 맞은 상태로 오들오들 떨면서 '뭐면 어떠냐' 하는 심정으로 허겁지겁 밀어 넣으며 온 사방에 슈가파우더를 흩뿌렸던 기억만 난다.

슈가파우더가
폴폴 날린다.

벨기에를 방문하면서 가장 유명한 도시인 브뤼셀이나 브뤼헤가 아닌 안트베르펜을 택한 이유는 순전히 〈플랜더스의 개〉 때문이었다. 동화답지 않게 충격적인 엔딩을 선사했던 이야기의 무대가 된 곳이자 네로와 파트라슈가 죽어가면서야 겨우 마주할 수 있었던 루벤스의 작품 '십자가에서 내려지는 그리스도'가 있는 곳이 안트베르펜이니까.

어릴 때는 좋아하다가, 좀 더 커서 어른인 척하는 시기에는 거들떠도 보지 않다가, 좀 더 나이를 먹고 난 후 슬그머니 찾아보게 되는 게 동화인 것 같다. 나는 어릴 때 만난 이야기들은 어떻게든 그 사람의 삶 전반에 영향을 준다고 믿는다. 그래서 아동문학은 생각보다 중요하고 완성도 높은 만화영화도 반드시 필요하다고 생각한다.

내가 그 시절 접했던 〈플랜더스의 개〉는 일본의 후지TV에서 방영되었던 〈세계명작극장〉표 였고, 원작은 프랑스계 영국인이 썼으며 정작 벨기에에서는 이 이야기가 유명하지 않다는 점은 크게 중요하지 않은 것 같다. 그보다 더 중요한 것은 한 편의 이야기와 그림 한 점의 힘. 낯선 곳에 선뜻 발걸음을 하게 할 수 있는 콘텐츠의 힘이 아닐까 싶다.

오늘의 간식은 초코 와플. 생긴 모습이나 식감은 벨기에 와플 중에서도 리에주 와플과 흡사하다. 하지만 달달한 초코 시럽을 듬뿍 바른 것은 브뤼셀 와플이나 미국식 와플과도 닮았다. 그렇다면 오늘의 와플은 끔찍한 혼종인 것인가. 하지만 와플의 세계는 넓고 어차피 무 썰듯이 뚝 잘라 구분할 수 있는 것은 세상에 얼마 되지 않는 것. 꼭 와플이 아니어도 세상은 본래 복잡다단한 것. 맛있으면 모두 용서합니다.

비에 젖은 네로와 파트라슈

네로와 파트라슈가
마지막 순간에야 마주할 수 있었던
루벤스의 작품
'십자가에서 내려지는 그리스도'

빠지다, 아포가또

이탈리아, 베네치아

감자가 그릇에 빠진 날

(감자가 먹는 것은 고양이용 통조림. 아포가또 아님)

'상극'이라는 말이 괜히 있는 것이 아님을 나이를 먹을수록 점점 더 실감하게 된다. 서로 반대되는 것들은 무탈하게 함께하는 것조차 쉽지 않다. 어울리며 시너지를 내기는 더더욱 어렵다.
뜨거운 것과 차가운 것이 더해지면 미적지근해지고, 단것과 쓴것이 섞이면 밍숭맹숭해지며 그렇게 이도저도 아닌 존재가 되거나 물과 기름처럼 끝내 따로 놀게 되는 것이 보통의 세상사이건만 아포가토만큼은 '상극'보다는 '극과 극은 통한다'라는 말을 떠올리게 한다.

'affogato'는 '빠지다'라는 의미의 이탈리아어이지만 커피가 아이스크림에 풍덩 빠졌다기보다는 아이스크림 위에 커피를 끼얹은 쪽에 가깝다. 도리어 커피에 아이스크림이 풍덩 빠진 음료는 '커피 플로트Coffee float'일 것이다.

아포가토에 '끼얹다'라는 이름을 붙이지 않고 왜 굳이 '빠지다'라는 이름을 붙였는지는 알 수 없지만 그래도 '빠지다' 쪽이 훨씬 정감 있게 다가온다. '끼얹다'의 활용이 한정적인 데 반해 '빠지다'라는 말은 아주 다양한 상황에서 일상적으로 사용되니까.

우리는 곤경에 빠지는 일이 연속되는 매일을 살며 너덜너덜해진 몸뚱이를 간신히 누이면 기절하듯 잠에 빠진다. 그러면서도 틈틈이 무언가의 매력에 빠져 한숨을 돌리고 누군가와 사랑에 빠지는 정신 빠진 인생을 산다. 삶이 우리에게 한결같은 고난을 줄지라도 우리들 대부분은 순해 빠진 인간이기 때문에 자각하지 못하는 사이 또 한 번 삶에 속아 넘어가는 것이다.

이쯤 되면 커피에 아이스크림이 빠졌든 아이스크림 위에 커피를 끼얹었든은 크게 상관이 없다. 그런 일은 별 대수롭지 않은 일이다.

당연한 얘기지만 아포가또가 맛있으려면 커피도 맛있어야 하고 아이스크림도 맛있어야 한다. 이 둘은 하나가 부실할 때 다른 하나가 그 부분을 채워줄 수 있는 조합은 아니다. 그 둘은 너무 다른 형질의 존재여서 다른 쪽에 본연의 역할을 미룰 수가 없다.
공동으로 수행하는 과제를 받았을 때, 노력 없이 올라타는 얄미운 인간들은 꼭 있었다. 그렇지만 아포가또에 있어서만큼은 커피도 아이스크림도 제 역할을 모두 해내야만 한다. 태생적으로 무임승차가 불가능한, 아주 당찬 친구들의 모임이 바로 아포가또다.

감자도 상관있나 보다.

습관적으로 홀짝거리는 커피 외에 간절하게 커피가 필요할 때는 극도의 피곤함을 느낄 때일 것이다. 피곤함은 카페인과 당을 동시에 필요로 하는 경우가 많은데 이런 때 아포가또는 최적의 선택지가 되어준다. 차가운 아이스크림과 뜨거운 에스프레소가 만나면 그 열기 때문에 아이스크림이 순식간에 녹아버릴 것 같지만 아이스크림은 생각보다 커피향을 머금은 채 오래 버틴다.

그렇다고 해서 마냥 늘어져 게으름을 피우다가는 어느 새 곤죽이 되어버린다. 적당히 아이스크림이 녹아 부드러워지는 그 정도의 시간이 하던 일의 흐름을 깨지 않으면서도 적절한 리프레시를 시켜주는 최상의 휴식 시간이라는 의미일지도 모른다.

하지만 쉬어도 쉬어도 피곤한 나날들. 나이를 먹을수록, 연차가 쌓일수록 요구받는 일들은 많아지고 설상가상으로 날마저 무덥다. 안타깝게도 나는 나를 둘러싼 기대들을 박차고 달아날 수는 없는 그런 인간. 그나마 바랄 수 있는 것은 계절의 변화뿐이다.

어서 선선한 바람이 불기를.

아이스크림이 생각나지 않는 계절이 오기를-

이탈리아에서 나를 녹아내리게 했던 아이스크림들

에그타르트 한 알의 힘

홍콩과 마카오 그리고 포르투갈, 리스본

에그타르트는

홍콩과 마카오-사실은 포르투갈을

떠오르게 한다.

감자는 없는 기억을 더듬는 중(미안)

유난히 음식으로 기억되는 동네가 있다. 나에게는 홍콩과 마카오가 그렇다. 홍콩과 마카오의 음식들은 비슷한 듯 다른데 그 차이는 에그타르트에서도 드러난다.

홍콩식 에그타르트는 타이청 베이커리泰昌餅家로 대표되는데, 타르트 부분은 쿠키 느낌에 달걀 필링은 묽은 크림에 가깝다. 너무 부드러워서 잘못 베어 물면 무너져 흐르는 참사가 벌어지기도.

타르트 부분이 쿠키를 닮은 것은 영국의 영향일까? 아주 비슷하다고는 할 수 없지만 한국에서는 파리바게트에서 내는 에그타르트가 홍콩식이라고 볼 수 있다.

홍콩식 에그타르트의
대표격인 타이청 베이커리

그에 반해 마카오식 에그타르트는 타르트 부분이 페이스트리 타입이라 베어 무는 식감 자체가 바삭하다. 달걀 부분도 좀 더 쫀쫀하고 탱글한 느낌. 한때 엄청난 인기를 끌었던 KFC의 에그타르트가 이 타입이다.

맛집 포스 뿜뿜한 로드스토우 본점!
마카오식 에그타르트는
좀 더 바삭한 식감이다.

일반적으로 홍콩식 에그타르트는 마카오식 에그타르트의 변주라고 해석된다. 그 둘 사이에서 굳이 정통성을 따지자면 마카오 쪽의 손을 들어주게 될 텐데 진짜 원조는 포르투갈에 있다. 마카오는 포르투갈의 식민지였기에 그 시절에 에그타르트도 마카오에 들어온 것으로 알려져 있다.

결국 내가 음식으로 기억한 동네는 홍콩이나 마카오가 아니라 포르투갈이었나 보다. 진정으로 그리워한 것 또한 홍콩이나 마카오가 아니라 포르투갈의 에그타르트였던 것 같다. 포르투갈의 수많은 에그타르트 중에서도 리스본 벨렘 지구에 위치한 '파스테이스 드 벨렘Pasteis de Belem'의 바로 그 에그타르트 말이다.

원조는 너무나 멀리 있다.(양이 많아 보이지만 순삭입니다.)

누군가 나에게 리스본에서 해야 할 일이나 먹어야 할 것을 하나만 추천해달라고 한다면 나는 주저 없이 '파스테이스 드 벨렘'의 에그타르트를 이야기할 것이다. 그리고 내가 언젠가 리스본에 다시 방문한다면 그건 분명 에그타르트 때문일 것임을 확신한다. 지구 반대편까지 날아갈 수 있는 동력을 품게 하는 것은 엄청난 결심이나 각오가 아니라 한 알의 에그타르트일 때 도리어 더 현실적이지 않은가.

좋아하는 것은 책으로 만들면 안 돼요. 책을 내고 나면 그것과는 더 멀어지거든요-라는 이야기를 들은 적이 있다. 당시에는 '책이랑 무슨 상관이야, 다 내 의지에 달린 거지'라고 생각했지만 왠인지 모르게 정말로 그렇게 됐다. 나는 아직도 내 책을 들고 내가 좋아했던, 그래서 마땅히 내 책에 담았던 그 동네들을 재방문해본 적이 없다.

그날이 오기까지 얼마나 걸릴까.

일단 에그타르트만큼은 한국에서 대용품을 찾아 그나마 다행스럽기는

한데.

검은 부분은 탄 게 아니라 카라멜라이즈한 것.
덕분에 한결 더 먹음직스럽게 보인다.

바나나의 의미

일본, 도쿄

한정판 도쿄 바나나 위에 그려진 것은
수달이다.
본래는 민무늬!

일본에는 오미야게お土産라는 단어가 있다. 단어 자체는 '기념품'을 뜻하지만 여행을 다녀오면서 주위 사람들에게 간단한 선물을 하는 문화를 의미하기도 한다. 이러한 행위 자체는 세상 어디에나 있는, 문화라고 할 것도 없는 사소한 것일 수 있는데 일본에서는 다소 강박적이라 할 만큼 이런 선물을 챙긴다. 그렇다 보니 그 지역의 특색을 품고 있는 각종 기념품 산업 또한 엄청나게 발달했고 지역별로 오미야게를 소개하고 추천하는 책까지 있을 정도다.

한국에서도 일본 여행을 가는 경우가 크게 늘면서 오미야게 용도로 개발된 일본의 상품들도 많이 국내에 알려졌다. 대표적인 것 중 하나가 도쿄 바나나다.

여러 가지로 환상적인 도쿄 바나나

요즘의 바나나는 가장 저렴한 과일 중 하나가 되어버렸지만 예전의 바나나는 아주 비싼 과일이라 소풍날처럼 특별한 날에나 하나 먹어볼까 말까 하는 귀한 몸이었고, 군납용도 외에는 철저히 수입 제한을 받는 품목이었기에 우루과이 라운드로 완전 자유화가 될 때까지는 백화점에서나 겨우 구경할 수 있었다고 한다.

나는 그런 일들을 직접 경험해본 세대도 아니고 '바나나 같은 시시한 걸 굳이 그렇게 비싼 값을 치르고 먹어야 하나?' 하는 다소 시큰둥한 입장이었는데 뒤늦게 바나나에 지대한 관심이 생겼다. 그건 대학에서 독어독문학 강의를 듣고부터다.

베를린장벽이 무너진 후 동독 사람들이 서독으로 넘어와 트렁크 가득 바나나를 사갔다는 이야기나 '모두가 배불리 먹을 수 있다'는 모토와 달리 실제로는 (극소수를 제외한) 모두가 배고파져버린 공산주의의 모순을 풍자할 때 꽤 자주 바나나가 등장하는 모습을 보며, 한동안은 바나나가 단순한 과일이 아니라 하나의 이데올로기를 상징하는 아이콘처럼 보이기도 했었다.

"나침반이 없을 때 베를린에서 동쪽과 서쪽을 구분하는 방법은? 베를린장벽 위에 바나나를 올려두었을 때 베어 먹힌 쪽이 동쪽이다" 같은 개그나 교수님이 동독 지역에서 유학을 했던 시절 겪었던 에피소드를 꺼낼 때마다 "거기 바나나 있어요?" 등의 드립이 강의실에서 심심찮게 오갔다.

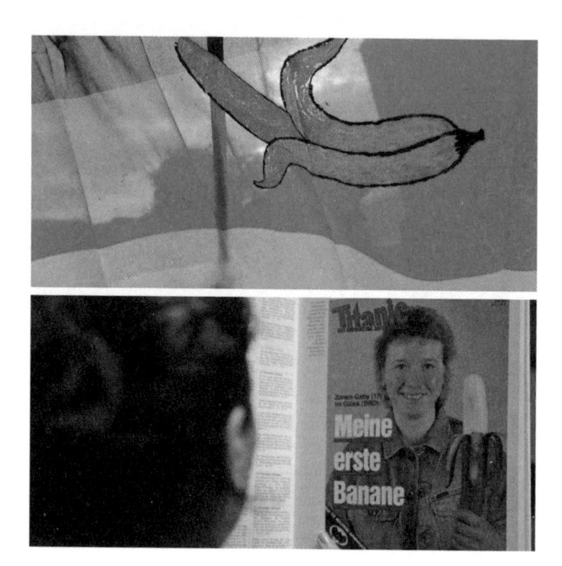

세상에서 제일 맛있는 아이콘

(사진 출처: DPA)

뭐, 공산주의까지는 너무 멀리 간 이야기다. 과거 한국과 마찬가지로 일본에서도 바나나는 귀했다. 분명 많은 이들이 바나나를 맛보기도 전부터 이미 바나나의 매력에 빠져있었을 것이다. 그러지 않고서야 먹어보지도 않아 어떤 맛인지도 모르는 과일에 안달복달할 리는 없으니까. 이렇듯 바나나는 다른 과일과 달리 뭔가 '환상'의 이미지가 있다. 때문에 도쿄에서 바나나가 재배되지도 않는데 대체 왜 도쿄 바나나 같은 빵이 있는 건지 의아할 수도 있지만 도리어 그렇기 때문에 이런 빵이 있는 거라고 생각할 수도 있을 것이다.

바나나 커스터드크림이 듬뿍 들은 폭신한 식감의 빵은 맛이 진한 커피보다는 은근한 맛의 잎 차와 더 잘 어울린다. 그래서 오늘의 음료는 아무것도 가향하지 않은 순수한 녹차. 포근한 오후 시간은 느리게 흐른다.

바나나빵의 친구 메론빵.
멜론이 들어있지 않아서 메론빵인가?

보헤미안의 단맛, 말렌카

체코, 프라하

보헤미안의 인생은 너무나 달콤해서
디저트를 달게 만들 생각은 못 했나 보다.

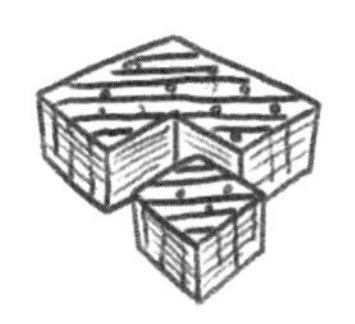

이탈리아나 프랑스 등지에서 화려한 식사를 마친 후에 또다시 화려한 디저트를 먹을 때마다 '이래도 되나?' 싶은 기분이 들었다. 하지만 체코에서 보헤미안식으로 며칠을 먹다 보니 디저트, 특히 단것 생각이 간절했다. 주식이 심심하고 단조로워서인지 '내가 이런 입맛이었나?' 싶을 만큼 단것이 당겼다.

본래 보헤미안은 체코의 보헤미아 지방을 일컫는 말인데 예전에는 이 동네에 집시가 많이 살고 있었기 때문에 아예 집시를 통칭하는 의미로 변질됐다. 요즘의 집시는 꼭 이 동네에만 있는 것은 아니고 세계 각지에 흘러들어간 상태이며 그중 600만 명가량은 유럽에 거주한다고 알려져 있다. 집시가 없는 나라는 한국과 일본뿐이라는 이야기도 있다.

내 머릿속 집시의 이미지는 유럽 여행 중 한두 번은 맞닥뜨리게 되는 구걸하는 노숙자나 두려운 소매치기보다는 〈노틀담의 꼽추〉 속 에스메랄다와 흡사했는데 사실 에스메랄다는 집시가 아니라 어릴 적 집시에게 유괴되어 그들 사이에서 성장한 캐릭터였다. 다시 말하면 〈노틀담의 꼽추〉에서 집시란 어린아이도 가차 없이 유괴하는 악독한 민족으로 그려진 셈이다.

프라하의 길거리 음악가들

(어쩌면 버스킹도 보헤미안 스타일?)

'gypsy'는 영어 단어로 '이집트에서 온'이라는 의미다. 이는 영국인들이 처음에 이 유랑민족을 접하고 이집트인이라 생각했기 때문인데 이와 흡사하게 프랑스에서는 이들을 보헤미아 사람들이라 불렀고, 보헤미아(체코)에서는 비잔틴제국에서 온 이민족으로 생각했다. 다들 자국민의 입장에서 '우리나라 사람 혹은 우리 민족은 아닌 사람들'로 바라본 것. 요즘 '집시'는 비하하는 의미가 있는 단어로 인정되어 공식적인 자리에서는 '로마니Romany(이탈리아의 로마와는 무관한 단어다)'라는 단어로 바꿔 부르고 있다.

이렇듯 다들 집시를 꺼리고 싫어하면서도 한편으로는 '집시풍'이나 '보헤미안 스타일' 등이 사회 관습에 구애받지 않는 자유분방한 정신과 스타일을 통칭하는 단어로 쓰이고 있으니 그 또한 아이러니다.

아무튼 보헤미안식이라고 하니 뭔가 그럴싸하게 들리지만 실상은 체코의 평범한 음식으로, 시골 농가의 집밥처럼 수수하고 투박한 음식일 뿐이다. 곱디고운 밀가루로 만든 흰 빵보단 거친 질감의 시커먼 호밀빵에 가까운 음식들. 딱히 멋 부리지 않은 음식들이라 시각적 매력도 별로 없고, 보이는 만큼이나 맛도 별 자극이 없어 한없이 수수하고 밍숭맹숭. 다양한 양념에 익숙한 우리 입에는 심심하게 느껴진다. 좋게 말하면 재료 본연의 식감과 맛에 집중한 맛이고 솔직하게 말하면 뭔가 벌거숭이 같은 맛이라고 할 수 있다.

안 먹어봐도 무슨 맛인지 알 수 있다.

그 와중에 체코에서 단것들을 찾아먹기는 했지만 그마저도 약간 심심한 단맛이라고 해야 할까. 아무튼 이전에 내가 먹어왔던 단것들과는 약간 결이 달랐다. 심지어 단맛보다는 곁들여진 생크림 맛이 더 돋보이는 수준. '유제품의 질이 월등히 좋은가?' 궁금해질 정도였다.

단맛보다 곁들여지는 생크림 맛이
더 돋보이는 체코의 단것들

'보헤미아의 진주'로 불리는 체코 남부의 시골을 떠나 프라하에 와서 보니 그나마 꿀케이크로 통하는 말렌카Marlenka가 있었다. 그간 먹었던 것들에 비해 달기는 하나 '꿀케이크'라는 이름이 주는 기대치에 비해서는 역시 실망스러운 단맛. 쓴 커피보다는 흰 우유에 더 잘 어울릴 맛. 저는 저절로 커피 생각이 나게 할 디저트를 원합니다! 눈물 나게 단맛 나는 디저트를 원해요!

그 언젠가, 진짜 보헤미안을 만나게 되면 따발총을 쏘듯 묻고 싶다.

"여보세요, 아무리 보헤미안이어도 삶이란 건 결코 상상만큼 달달하지 않잖아요? 보헤미안들은 이 정도로도 괜찮습니까? 보헤미안의 단맛이라는 것은 이런 건가요? 아니면 한 번 단맛을 보면 계속해서 찾게 되니까 애시당초 시작하지 않는 건가요? 모든 것이 시시해지고, 모든 것이 그리워질까 봐 처음부터 애써 눌러 참는 것입니까?"

그나마 체코의 디저트 중 가장 유명한 것은
뜨르들로(Trdlo)라 불리는 굴뚝빵이다.

오늘날 로마니는 북인도의 소수민족인 돔(Dom)족의 후예로 보는 견해가 지배적이다. 하지만 오랜 기간에 걸쳐 전 세계를 방랑했기 때문에 단일민족은 아닐 것으로 본다.

길 위에서 만난 감자의 친구들

– 일본의 국숫집

누군가의 삶을 바꾼 커피

태국, 치앙라이

이제는 일상이 되었지만,

누군가에게는 새로운 삶 그 자체가 된

도이뚱 커피(나에게는 감자)

누군가 나에게 태국의 고유 커피 브랜드를 딱 한 개만 꼽아달라고 하면 도이뚱Doi Tung 커피를 추천할 것이다. 도이뚱 커피는 '태국에서 꼭 먹어봐야 할 커피'로 이미 유명한 도이창Doi Chang 커피와 이름은 비슷해도 전혀 다른 브랜드다. 블루마운틴을 주축으로 한 개인 커피 농장에서 시작된 도이창 커피와 달리 도이뚱 커피는 태국 북부에 사는 고산족들이 재배한 아라비카 원두로 만든 커피로, 태국 왕실이 주도한 국가사업에서부터 시작되었다.

그렇지만 도이뚱 커피는 태국 왕실이 커피로 부를 축적하기 위해서 계획한 그런 프로젝트는 아니다. 이 프로젝트는 마약의 폐해가 무엇인지도 모르면서 생계를 위해 아편을 키우며 살아가는 소수민족들을 계도하기 위해, 그리고 아편을 재배하는 과정에서 그들이 당하는 노동력 착취와 더불어 그 지역 자체가 마약의 온상이 되어가는 것을 막기 위해 왕실이 주관하여 이들에게 아편 대신 커피를 재배하도록 가르친 것이라 할 수 있다.

왕실에서 주목한 것은 이들에게 선택의 기회 자체가 없다는 것이었다. 기본이 충족된 후에 뭔가 선택을 할 수 있다면, 그때도 사람들이 나쁜 일을 선택할까? 물질적인 도움을 단발성으로 지원하기보다는 실행 가능하고 지속 가능한 생계유지 수단을 제공해 사람들이 스스로를 도울 수 있게 해야 하는 것 아닐까?-에서 지금의 도이뚱 커피가 태어난 것이다.

불법으로 삼림을 벌목하고 아편을 재배하며 매춘에 몸담으면서도 빈곤의 굴레를 끊어내지 못했던 소수민족들은 이제 커피를 주력으로 재배하고, 왕실은 이 커피를 태국 전역으로 유통시켜 이들이 안정적으로 생활할 수 있도록 돕고 있다.

하지만 삶이란 그리 녹록한 것이 아니다. 태국 북부를 여행하다 보면 흔히 접할 수 있는 투어 상품 중에 '골든트라이앵글 투어'라는 것이 있다. 이 투어는 태국 북부 도시인 치앙라이에서 그닥 멀지 않은 지역에 메콩강을 경계로 태국과 미얀마, 라오스 3국의 국경이 맞닿아있어 이

국경을 넘나들며 3개국을 하루 안에 모두 들러보는 투어다. 태국과 미얀마는 육로로 이어져 있고, 라오스에는 보트로 갈 수 있다.

국경이 애매한 곳은 통제가 어렵고 으레 치안이 좋지 않기 마련이다. 과거 이곳은 전 세계 아편의 70퍼센트를 생산했던, 최대의 아편 생산지였다. 지금은 골든트라이앵글 투어에 힘입어 표면적으로는 관광에 주력하는 동네가 되었지만 보이지 않는다고 해서 사라진 것은 아니다. 아편에서 필로폰과 헤로인으로 종목이 바뀐 채 골든트라이앵글은 여전히 마약으로 악명을 떨치는 곳으로 통한다.

말 그대로 삼각형이다.

아편 대신 커피 농사를 장려한 태국 왕실의 노력이 무용했다는 의미는 아니다. 이전에 비해 태국의 아편 재배지 면적은 90퍼센트 이상 감소했다. 그렇지만 많은 양의 마약이 이 지역을 통해 태국 내로 밀수되는 일까지 근절하는 것은 완전히 다른 차원의 이야기다.

현실이 이렇다 보니 도이뚱 커피만으로 마약에 발목 잡힌 모두를 구원할 수 있다는 상상은 환상에 가깝다. 그렇지만 우리는 한 잔의 커피로써 우리가 할 수 있는 조그만 힘을 보태어볼 뿐이다.

태국에서 커피 한 잔을 싸게 마시려면 얼마든 싸게 마실 수 있는 것에 반해 도이뚱 커피는 마냥 저렴한 커피는 아니다. 그렇다고 어마어마한 건 아니고 한국 커피값 정도 수준이라 한국인의 입장에서는 착한 커피를 위해 마땅히 지불할 수 있을 정도의 가격이기도 하다. 또 '사람들이 기부나 적선하는 기분으로 혹은 동정심으로 우리의 제품을 구매하지 않도록 하라'는 모토를 가지고 있기도 해 그만큼 더 엄격하게 품질을 관리한다고 하니 여러모로 돈값하는 커피라 인정해줄 만하다.

한 잔의 커피로써 우리가 할 수 있는 조그만 힘을 보태어볼 뿐

'커피'에는 항상 그 시대의 트렌드가 따라붙는다. 밥보다 비싼 커피를 마시는 사람들을 조롱하는 '된장남', '된장녀'에서 시작해 통 큰 커피로 대표되었던 '가성비', 가격이 비싸더라도 내가 먹고 싶은 것을 먹겠다는 '욜로'와 내일의 저축을 위해 오늘의 아메리카노를 참지 않겠다는 '소확행'에 이어 '가심비'까지 그간 트렌드는 따라잡기 벅찰 만큼 여러 차례 바뀌었지만 그 중심에는 늘 커피가 있었다. 하지만 트렌드의 차원을 떠나 이미 커피는 다수에게 일상이 되었다.

그리고 누군가에게는 새로운 삶 그 자체가 된 것도 같다.

작은 파우치를 구입하자
선뜻 모델이 되어준다.

도이뚱 프로젝트에서는 커피뿐 아니라 마카다미아도 재배한다. 이것도 저렴하지는 않으나 엄격히 관리되어 맛이 좋다. 그렇다고 도이뚱 커피에 비해 도이창 커피가 꾸지다는 게 아니니니 오해가 없기를.

어느 나라건 소수민족의 삶은 힘겹다. 합법적인 투어 코스로 활용될 수 있으면 그나마 양반이다.

길 위에서 만난 감자의 친구들
- 북경의 상점 앞

먹기 전쟁, 월병과 에그롤

중국, 북경

출장길 캐리어를 무겁게 한 것들

(월병만 샀다고는 안 했음)

오늘의라미감자카페 # 월병과친구들 # 디저트부자

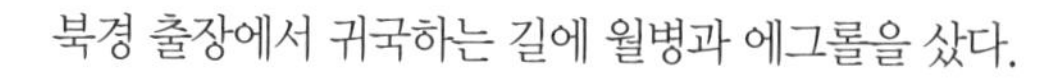

북경 출장에서 귀국하는 길에 월병과 에그롤을 샀다.

월병月饼은 제사 음식이자 중국의 중추절에 빼놓을 수 없는 음식이니 한국의 송편과 비슷한 위치일 것이다. 월병은 밀가루 반죽 안에 소를 넣은 뒤 화려하고 정교한 무늬의 틀에 넣어 모양을 잡아 구워내는 보름달 모양의 과자다. 틀의 모양에 따라 무늬는 제각각이지만 화려한 것들은 입을 대기가 미안할 정도로 예쁘다.

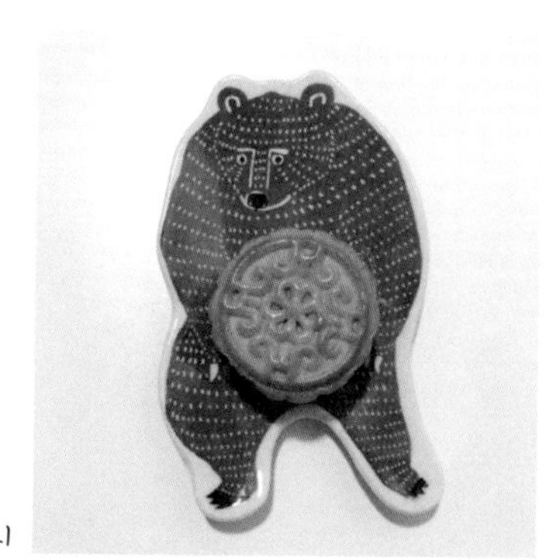

화려한 월병과 찰떡인 듬직한 곰 접시

중국을 대표하는 과자로 꼽히는 만큼 월병은 상자도 눈여겨볼 만하다. 선녀와 비슷한 느낌의 여자가 그려진 상자들이 간혹 있는데 이는 '항아' 일 가능성이 크다. 신선이 되는 묘약을 먹고 하늘로 올라간 항아가 달의 신이 되었고, 훗날 사람들은 항아를 기리기 위해 중추절이 되면 월병을 만들어 바치며 보름달을 바라본다는 이야기가 중국에 있기 때문이다.

북경공항에서 업어온 월병에 팥 앙금이 들어있었다면 예상 가능한 뻔한 맛이었을지도 모르지만 다진 견과류와 건과일이 들어있어 다소 생소한 느낌이었다. 파사삭하고 오독오독하는 느낌이 아니라 뻑뻑하다 싶을 만큼 꾸덕한 느낌. 피도 소도 강한 맛을 내지 않아 약간 심심한 감도 있어 월병은 커피보다는 차와 궁합이 잘 맞는다.

월병이 쫀쫀하고 꾸덕하다면 에그롤은 끝내주게 바삭하다. 중국에서 한국으로 귀국하여 공항에서 집까지 가져오는 과정만으로도 충분히 가루가 되어버릴 수 있는 예민한 존재. 접시를 받치지 않고 먹었다가는 반드시 후회를 안겨줄 부스러기 폭탄. 특유의 고소한 맛도 진한 편이라 이쪽에는 차보다 커피가 더 좋다.

하지만 요즘의 월병과 에그롤은 순수한 과자로만 즐기기에는 너무 많은 의미를 품게 됐다. 홍콩의 시위가 장기화되며 홍콩에는 정부와 경찰을 비꼬는 문구나 시위에 참여하는 홍콩인들을 응원하는 내용을 새긴 월병이 등장했고 그에 반대하는 쪽은 중국 본토 출신이나 홍콩 시위를 반대하는 이들이 운영하는 빵집의 에그롤을 사먹는 것으로 맞대응을 하고 있다. 일명 '먹기 전쟁'이 벌어진 것이다.

과거 중국이 징기스칸의 지배를 받던 시절, 한족들은 월병 안에 메시지를 넣어 비밀스럽게 봉기를 계획하고 관련된 내용들을 공유했다고 한다. 아주 오랜 시간이 지난 지금, 홍콩인들은 과거 중국인들이 그랬던 것처럼 월병으로 항전 의지를 다지고 있다.

월병은 한 번 더 승리할 수 있을까. 이 모든 상황을 지켜보고 있는 달은, 항아는 과연 누구의 편일까.

쫀쫀하고 꾸덕한 월병을 더 좋아하는 감자.

너는 계속 내 편이지?

길 위에서 만난 감자의 친구들

- 베네치아의 벤치

초승달처럼, 크루아상

프랑스, 니스

오늘은 커피를 쉽니다.

뭐든 많이 먹으면 살이 찌지만 빵은 더욱 그렇다. 나는 밥 없이는 살 수 있지만 빵 없이는 살 수 없는 사람. 오늘도 먹고 있으면서도 불안한 마음을 감출 수는 없다. 빵 중에서도 그나마 살이 덜 찌는 빵과 더 찌는 빵으로 나눠본다면 크루아상은 무조건 더 찌는 빵에 속한다. 크루아상은 버터 폭탄이다. 요즘 유행하는 저탄고지가 아니라 무려 고탄고지. 크루아상을 구워보면 알 수 있다. 그 층상 구조 사이사이에서 진한 버터 내음이 진동을 한다는 걸. 이런 걸 먹고 있으면서 살이 안 찌길 바라는 것도 도둑놈 심보이기는 할 것이다.

크루아상의 탄생에는 여러 가지 설이 있다. 오스트리아의 전통 쿠키인 킵펠Kipferl이 프랑스로 넘어오면서 페이스트리 형태로 발전하여 크루아상이 되었다는 다소 간단한 얘기도 있지만 보다 흥미롭고 대중적인 내용은 다음과 같다.

오스트리아의 어느 제빵사가 밤늦게 빵을 만들다가 오스만투르크(지금의 터키) 군인들이 은밀히 침략용 땅굴을 파는 것을 알게 되었고 이를 신고함으로써 이들을 물리치는 데 혁혁한 공을 세웠다. 이후 오스트리아 사람들은 오스만투르크의 깃발에 그려진 초승달 모양의 빵을 만들어 먹으며 승리의 기쁨을 만끽했는데 이것이 크루아상의 시작이다.

오스만투르크에 질릴 대로 질린 헝가리와 오스트리아에서 '오스만투르크를 씹어 먹자!'라는 마음으로 국기에 그려진 초승달을 본떠 빵으로 만든 것이 크루아상이다.

개인적으로 크루아상의 시초에 관한 설들은 그닥 믿고 싶지 않은 얘기다. 누군가에 대한 반감과 악감정을 품고 만든 빵이라면 좀 더 투박하고 거친 느낌에 씹을 때도 와삭와삭 소리가 나야 조금이나마 그 분노가 해소될 것 같은데 크루아상은 세상 섬세하고 부드러우니까. 냄새부터 황홀하고 손가락에 묻은 버터까지 빨아 먹게 하는 빵의 시작점에 그런 악랄한 마음이 숨어있다니 전혀 어울리지 않는 것 같아서. (그렇지만 만약 크루아상의 시작이 정말로 킵펠이었다면 그때는 이 설들이 통할 수도 있다고 생각한다. 킵펠은 투박하고 딱딱하기 때문에 충분히 그런 마음이 담길 수 있다고 본다.)

아무튼 크루아상의 탄생과 관련한 여러 이야기의 공통점은 크루아상이 어떻게 시작됐든 간에 17세기 말 즈음 오스트리아를 거쳐 그 이름도 유명한 마리 앙투아네트를 통해 프랑스로 전해졌다는 것이다.

국기에 그려진 초승달을 본떴든 밤하늘의 초승달에서 모티브를 얻었든 분명 크루아상은 초승달을 닮았다. 크루아상이라는 단어 자체가 초승달을 뜻하는 말이기도 하다. 초승달은 차올라 반달이 되고 이내 보름달이 되었다가 반대 방식으로 빛을 덜어내며 끝내 그믐달이 된다.

보기만 해도 흡족한 크루아상들.

세상 노릇노릇해!

본질은 같지만 그 모습과 느낌은 시시때때로 달라지는 달처럼 크루아상의 변신 또한 그렇다. 큰 것과 작은 것, 표면에 시럽을 끼얹은 것이나 토핑을 올린 것, 초코 코팅을 입힌 것, 안쪽에 크림을 넣은 것 등. 그중에서도 내가 가장 좋아하는 것은 크루아상 샌드위치와 호텔 조식으로 (무제한) 제공되는 크루아상임을 급 고백하며 이 글을 마친다.

호텔 조식의 꽃은 역시 크루아상... :-)

아몬드크루아상
먹고싶다

크루아상샌드위치
핸드메이드
저것도

도미는 어떻게 붕어가 되었나

일본, 구라요시 그리고 한국, 서울

붕어빵에는 붕어가 없지만

계란빵에는 달걀 한 개가 오롯이!

철제 틀에 밀가루 반죽(일명 풀)을 부어 굽는 빵을 통틀어 풀빵이라고 한다. 풀빵에는 잉어빵과 붕어빵(요즘 붕어빵은 거의 없고 대부분은 잉어빵이지만 그래도 불리기는 여전히 붕어빵이다. 두 명칭이 혼용되는 경우가 많기에 이어지는 글에서는 붕어빵으로 통합 표기했다), 국화빵, 계란빵 등 다양한 종류가 있다.

풀빵의 대표 주자인 붕어빵은 일본의 타이야키鯛焼き(도미빵)에서 유래한 것으로 알려져 있다. 예전부터 도미는 워낙 귀한 생선이라 쉬이 먹을 수 없었기 때문에 그 모양이나마 흉내 낸 빵이 만들어졌다고 하는데 그 도미빵이 한국에 들어오며 가장 흔한 생선인 붕어를 본떠 붕어빵으로 바뀌었다고. 그에 반해 계란빵은 한국, 좀 더 구체적으로는 인천의 모 대학교 앞에서 시작되었다는 것이 정설이다.

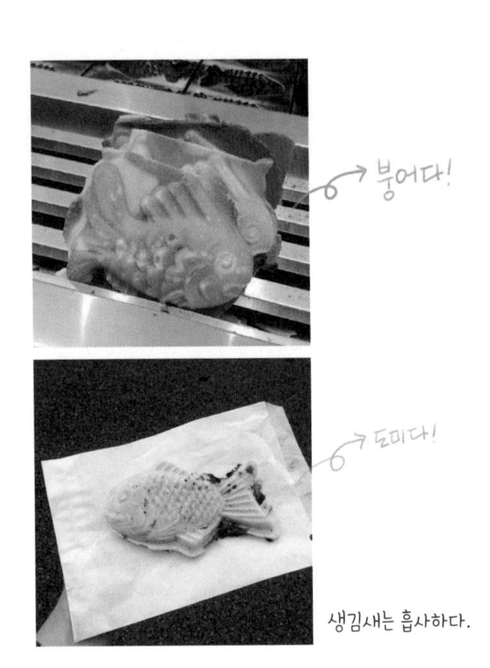

생김새는 흡사하다.

기존에 없던 새로운 개념이 유입될 때 그 문화권에서 받아들여질 수 있는 보편적인 정서가 덧입혀지며 현지화가 되기 마련인데 도미가 붕어가 된 것은 꽤 재미있는 포인트다. 어차피 먹지도 못할 값비싼 도미 따위를 어설프게 빵으로 만들어서 먹는 시늉하며 위안 삼느니 차라리 물가에서 발에 채일 만큼 흔하게 볼 수 있는 붕어로 하겠다는 청개구리 같은 정신. 그런 정신에 미루어볼 때 붕어빵이 서민간식이라고 불리는 것은 비단 그 저렴한 가격 때문만은 아닐 것이다.

도미빵장인

붕어빵은 단팥으로 속을 채운 것이 원조지만 요즘은 슈크림이나 크림치즈, 고구마, 아이스크림 등으로 속을 채우는 경우도 생기면서 선택의 폭이 넓어졌다.

그렇지만 붕어빵의 속이 아무리 다양해진다고 해도 절대로 실제 붕어는 들어가지 않는다. 붕어를 통째(…)로 넣었다가는 얇은 밀가루 풀이 익는 짧은 시간 동안 속(…)은 전혀 익지 않을 것이고 살을 발라서 다져 넣는 정성(…)을 쏟자니 단가가 맞지 않는다. 게다가 기본적으로 민물고기는 비리니까.

이렇듯 붕어빵에는 붕어가 들어있지 않으니 붕어를 닮은 그 모양새에 정체성이 있고, 계란빵은 모양새보다는 달걀 한 알이 오롯이 들어있다는 것이 더 중요하다. 그래서 붕어빵은 붕어 모양 틀을 구비하지 않는 한, 집에서 만들 수가 없지만 계란빵은 가능하다.

도미빵의 변주도 붕어빵 못지않게 화려하다.

붕어빵은 오다가다 곧잘 눈에 띄는 것 같으면서도 막상 찾으려고 하면 만나기가 생각처럼 쉽지만은 않다. 오죽하면 '붕세권'이라는 말이 다 있을까. 여름이 끝나가고 가을이 올 즈음부터 붕어빵은 조금씩 거리에 나타나겠지. 아무래도 완연한 찬바람이 나기 전까지 붕어빵을 찾는 일은 포기해야 할 것 같다. 그때까지는 냉동 붕어빵으로 연명할 예정!

풀빵 파는 곳을 찾을 때 '대동풀빵여지도'를 참고할 수 있다.

계란빵 간단 레시피

(with 에어 프라이어)

준비물: 핫케이크믹스 2컵, 물 2/3컵, 달걀 1개, 종이컵

STEP1.

핫케이크믹스 2컵에 물 2/3컵, 달걀 1개를 넣고 반죽한 뒤 종이컵에 나눠 담습니다.

(이때 종이컵 안쪽에는 미리 식용유를 발라두어야 나중에 분리가 쉽고 빵이 부풀면서 넘칠 수 있으니 반죽의 양은 종이컵의 1/3을 넘기지 마세요.)

STEP2.

종이컵에 담은 반죽 위에 달걀을 한 알 올려주고 이쑤시개 등으로 노른자를 콕콕 찔러 터트려준 후 160도에서 15분 정도 돌리면 완성입니다.

(익은 정도를 보아 조리 시간은 가감하세요.)

STEP3.

기호에 따라 달걀 위에 치즈나 파슬리 등을 올린 뒤 가열해도 좋습니다.

슈크림을 잔뜩 먹는다는 것

미국, 라스베이거스

시간이 있을 때는 슈크림 사먹을 돈이
돈이 있을 때는 슈크림 사먹을 시간이
둘 다 있을 때는 체력이 없…을 리가 없지.

어렸을 적에 가장 좋아했던 빵은 슈크림이었다. 소보로빵이나 초코 소라빵이 아니라 슈크림이었던 걸로 보아 어릴 적부터 나름 고급진 입맛이었던 것 같다. 그 시절에는 지금만큼 빵이 다양하지 않았고 그중에서도 슈크림은 한 입거리 주제에 꽤 비쌌다. 그때는 '어른이 되어 돈을 많이 벌게 되면 많이 사먹어야지'라고만 생각했다.

그렇게 세월이 흘러 돈을 많이 번다고는 할 수 없겠지만 그렇다고 슈크림을 못 사먹을 정도는 아닌 어른이 되었다. 대신 이제는 살이 찔 것 같아 그렇게 못 하고 있다. 그때는 그저 돈이 없는 게 문제였다면 지금은 돈은 있지만 기초대사량이 떨어졌다.

조금 결은 다르지만 '시간이 있을 때는 돈이 없고, 돈이 있을 때는 시간이 없고, 둘 다 있을 때는 체력이 없다'는 말이 떠오른다. 삶에는 늘상 뭔가가 결핍되어있는 걸까.

조그만 양배추를 닮은 빵 안에 커스터드크림이 가득 들어있는 슈크림. 'chou'는 양배추라는 뜻의 프랑스어이니 나만 이 빵이 양배추를 닮았다고 느낀 것은 아닌 것 같다. 프랑스 가정식 요리 중에는 '슈페르시Chou farci'라는 메뉴가 있는데 이는 양배추 안에 고기소를 채워 넣고 익힌 요리의 통칭이다. 'farci'가 속을 채운다는 의미이기 때문인데 양배추 안을 뭔가로 채웠다는 점만 보면 슈크림 역시도 슈페르시를 닮았다.

간혹 슈크림 안에 생크림이 들어있는 경우도 있지만 그건 진짜 슈크림이라고 할 수 없다. 오늘도 커스터드크림이 들어있는 진짜 슈크림과 라스베이거스 출장에서 모셔온 스타벅스의 시티 에스프레소잔으로 신경써서 상을 차렸다.

누가 봐도 속이 꽉찬 슈페르시!

라스베이거스는 화려한 호텔과 거대한 카지노로 대표되는 도시다. 하지만 나의 상상과 다르게 라스베이거스의 카지노는 누군가의 인생이 끝장날 가능성이 있는 도박판이라기보단 재미난 게임기들이 가득한 오락실 같아 보였다.
물론 재미 삼아 두어 번 경험해보는 도박조차도 내 가치관에는 위배되는 일이라 같이 출장을 간 동료들을 따라 남의 블랙잭 테이블을 슬쩍 구경하는 것에 그쳤다.

카지노에는 특유의 들뜬 분위기가 있다. 그 분위기는 누구에게나 한 번쯤은 일확천금을 꿈꾸게 한다. 어차피 나는 그 테이블에 앉지도 못할 사람이니까 이건 마치 로또를 사지도 않아놓고 '로또가 당첨되면 어떻게 하지?'를 상상하는 꼴이지만 만약 대박이 터지면 과연 슈크림을 얼마나 먹을 수 있을까?

카지노 내부는 촬영할 수 없지만

호텔들의 외관만 봐도 라스베이거스의 분위기는 대략 나온다.

앞서 이미 언급했듯 슈크림을 잔뜩 먹는다는 것은 단순히 금전적인 문제만은 아니다. 그때는 개인 PT도 붙일 수 있고 몸매관리와 식단관리도 받을 수 있을 테니 한 번쯤은 실컷 먹을 수 있을까?
누군가는 아무 때나 실컷 연어 초밥을 먹기 위해 회사를 다닌다고 했다. 짜증나는 일은 고소하고 부드러운 연어로 배를 채우고 나면 모두 잊게 된다고. 나에게는 슈크림이 그런 존재이건만 마음만 그러할 뿐 한 번도 왕창 먹어본 적이 없다. '살 좀 찌면 어때서'라고 생각할 수도 있지만 그걸 빼는 과정은 너무 괴롭기 때문에 애당초 먹는 일을 포기하는 편이 더 쉽다.

아무튼 살찔 걱정에 슈크림을 양껏 먹을 수 없다는 건 몹시 아쉬운 일이다.

한입에 찹찹

번영이 도래하다, 펑리수

대만, 타이베이

대만의 대표 기념품 펑리수에는

커피보다는

고소한 버터의 맛을 배가시키는 흰 우유다.

예전부터 대만에는 펑리수鳳梨酥가 있었다.

지금 우리가 알고 있는 펑리수와는 차이가 있지만 그 원형은 위, 촉, 오 삼국시대에 신에게 바치는 제물로 쓰였고 전통 혼례상에도 오르는 등 나름의 의미를 품은 과자로서 활용됐다고 한다. 그렇지만 지금의 펑리수는 대만 여행을 마치고 각자의 일상으로 복귀하는 이들의 두 손을 무겁게 하는 대만의 대표 기념품이라는 의미가 더 클 것이다. 뻔한 전통 과자에 머무를 뻔했던 녀석은 수십억 달러의 가치를 지니는 효자 상품이 되었고 이로 인해 대만의 파인애플 산업 자체가 성장하며 지역 농촌 경제까지 향상시켰다는 평가를 받는다.

대만 관광청의 전폭적인 지지에 힘입어 요즘 타이베이 같은 경우는 아예 펑리수를 온라인으로 미리 구매해놓으면 귀국할 때 공항에서 바로 수령할 수도 있게 되었다. 적어도 타이베이에 머무르는 동안 무거운 캐리어에 펑리수까지 챙겨 들고 다닐 일은 없어진 셈이다.

이처럼 관광객들이 많이 찾는 아이템이다 보니 대만에서 만나는 펑리수에는 대개 영어 표기가 함께 되어있다. 그 표기는 대개 'Pineapple shortcake.' 케이크보다는 타르트에 가깝고, 큼지막하게 깍둑썰기를 한 듯 그 모양새도 소박하지만 사실 펑리수의 의미는 절대 그렇지가 않다. 펑리수는 대만식 발음으로는 옹라이수王梨酥라고 불리기도 하는데 파인애플의 대만식 발음인 '옹라이王梨'가 '번영이 도래하다旺來'와 발음이 같아 파인애플은 부와 다산, 행운, 더 나아가서는 허영의 의미까지 품고 있기 때문이다.

역시 선물용 아이템답다. 다시 생각해보면 노르스름하고 네모난 펑리수의 겉모습은 미니 금괴를 닮은 것도 같다.

평리수의 변주는 현재진행형이다.

한입 정도 사이즈의 직육면체 빵 안에 파인애플 과육과 잼이 들어있는 것이 펑리수의 기본. 요즘은 펑리수의 모양도 다양해지고 안에 들어가는 과일의 종류도 점차 다양해지고 있다.

문제는 파인애플이 아니면서 파인애플이라고 속이는 것인데 이런 경우는 대개 윈터멜론(동과)이 들어있는 경우가 많다. 윈터멜론도 썩 맛이 나쁘지는 않지만 속은 건 속은 거니까.
파인애플로 만들어진 진짜 펑리수는 계절에 따라 그 맛이 다르다. 작렬하는 태양빛을 한껏 받은 여름 파인애플로 속이 채워진 펑리수가 더 달고 겨울 파인애플을 활용한 펑리수는 다소 새콤한 맛을 낸다. 늘 덥기만 한 것 같은 대만에도 나름 사계절이 있다는 걸 혀끝으로 알 수 있는 것이다.

버터 내음이 물씬 풍기는 펑리수를 한입 베어 물면 입안 가득 달콤함과 눅진함이 느껴지면서 동시에 부스러기가 우수수 떨어진다. 수고를 덜기 위해서는 낱개 포장 안에서 완벽히 꺼내지 않은 채로 먹거나 접시를 받치고 먹는 것이 좋다. 자칫하면 부스러기로 인해 기침이 나거나 목이 메기도 하니 음료도 함께하는 것이 좋은데 여기에는 커피보다도 고소한 버터의 맛을 배가시켜주는 흰 우유를 추천한다.

타이베이의 마트에서
쉽게 만날 수 있다.

길 위에서 만난 감자의 친구들

– 홍콩의 중고서점

우유를 튀긴다굽쇼?

스페인, 마드리드

대만에서 유명하고

마드리드에서 경험한 우유 튀김이

우리 집에!

오늘의 간식은 우유 튀김. 요즘 우유 튀김은 대만의 야시장에서 만날 수 있는 메뉴로 알려져 있는 듯한데, 내가 경험했던 그 당시의 대만에는 이런 음식이 없었다. 대만도 유행이 굉장히 빠르게 생겼다 사라지는 편이고 야시장의 취급 메뉴라는 것도 어제 다르고 오늘 다르니까 그럴 수 있다고 생각한다.

내가 대만에 드나들 때는 죄다 펑리수만 팔았었는데 그 뒤에 갑자기 누가크래커가 빵 떴다. 하지만 가게 문이 열리기 전부터 구름처럼 줄을 서야 구매할 수 있었던 누가크래커의 인기도 요즘은 다소 시들하다고 하니 메뚜기도 한철이라는 말이 절로 떠오른다. 그보다는 세월이 야속하다고 해야 할까.

나는 우유 튀김을 대만이 아니라 스페인의 마드리드에서 경험했다. 레체 프리타Leche frita('leche'는 우유, 'frita'는 튀김이라는 뜻)는 식사 후 디저트로 먹는 녀석이긴 하지만 워낙 가정식 요리라서 딱히 사먹을 만한 곳이 없을 것 같았는데 역시나 일반적인 식당이나 가게에서는 도무지 만나지 못하다가 마트 구석의 반찬가게에서야 겨우 찾았다.

누가 봐도 인절미처럼 생긴 레체 프리타

따끈하게 먹는 튀김은 아닌 건지 고이 냉장고에 들어가 있었는데 겉모습으로 보기엔 두부 부침 같기도 하고 인절미 같기도 한 녀석이었다. 먹어보니 분명 처음 먹는 음식인데 어디선가 먹어본 적이 있는 맛이다. 그런데 한국에는 없는 맛인 것 같은 기분? 간신히 기억을 더듬어보니 이스탄불에서 맛봤던 라이스 푸딩과 꽤나 닮은 것 같다.

분명 이스탄불에서 맛본
라이스 푸딩 맛이다!

아무튼 우유 튀김은 이름은 튀김이지만 튀김의 느낌보다는 달달한 연유를 굳혀 겉면을 살짝 구운 느낌으로 바삭한 식감은 전혀 없었던 기억이 난다. 흐느적거리는 것을 단단한 튀김옷으로 감싸 버티고 있는 것이 아니라 우유 자체가 꽤 쫀쫀했던 것도 인상적이었다.

우유는 액체니까 순수 우유를 튀길 수는 없다. 우유 튀김은 푸딩이나 연두부 정도로 굳힌 우유를 튀긴 것. 굳히기 위해서는 옥수수 전분이나 감자 전분 등의 사용이 필수적이다.
자칫 느끼할 수 있어 진한 커피를 곁들이는 것이 좋은데 오늘은 숙면을 위해 커피를 참아봤다. 대신 상큼한 과일을 추가. 그러고 보니 마드리드에서도 과일과 함께 먹었었다.

아무리 생각해봐도 우유를 튀긴다는 발상 자체도 희한한데 그런 희한한 음식이 대만의 야시장에, 그리고 지구 정반대편인 스페인의 반찬가게에 있다는 건 더 희한하다. 그리고 한국 마트의 냉동 간식 코너를 거쳐 오늘 우리의 테이블 위에 있다는 건 더욱 더.

세상은 넓으면서도 좁다. 참으로 요지경이다.

두부 부침 아닙니다.

사실은 안 간단 ㅠ

우유 튀김 ~~간단~~ 레시피

준비물: 우유 3컵, 설탕 1/2컵, 전분 1/2컵, 버터 2스푼, 달걀물, 빵가루

STEP1.

우유 3컵을 냄비에 넣고 중불로 데운 후
설탕 1/2컵, 전분 1/2컵을 넣고
불 위에서 계속 저어줍니다.

STEP2.

끓기 시작하면 버터 2스푼 투입 후
불에서 내립니다.

STEP3.

납작한 접시에 덜어
냉장고에 넣고 하룻밤 식혀 푸딩의 형태로 만듭니다.

STEP4.

적당한 사이즈로 조각낸 후
달걀물을 묻히고 빵가루를 입혀 기름에 튀깁니다.

당신의 인생 커피

미국, 샌프란시스코

집사의 취향을 쥐락펴락하는

이 녀석… 매력 있어.

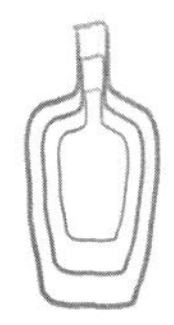

이미 유명해져버릴 대로 유명해진 블루보틀. 그간 커피계의 애플이라는 소문으로만 접해봤던 곳이라 샌프란시스코 출장 당시 큰 기대를 갖고 방문했다.

샌프란시스코 시내에만 해도 꽤 여러 곳의 매장이 있어 각자 접근하기 편한 곳으로 방문하면 되는데 나는 유니온스퀘어 근처의, 말 그대로 도심 한가운데 매장을 찾았다. 보통은 바다 구경도 할 겸 페리 선착장 지점에 많이 들르는 것 같긴 하지만 내가 샌프란시스코에서 들렀던 유일한 선착장은 'Pier39'로 블루보틀이 있는 페리빌딩과는 거리가 멀었다.

Pier39는 과거에는 진짜 선착장이었지만 지금은 선착장으로 쓰이지 않는다. 대신 지금 이곳은 컹컹 하는 소리를 내며 늘어져 누워 볕을 쪼이고 있는 바다사자 무리를 만날 수 있는 곳이 되었다. 1989년 샌프란시스코 북부를 지진이 강타한 후 근처의 바다사자들이 이쪽으로 피신을 왔고 이후 쭉 이곳에 머무르고 있다고.

냄새는 거들 뿐

PIER
39
PIER
39

처음 바다사자들이 등장했을 때만 해도 사람들은 보트를 탈 때마다 바다사자들을 피해 다녀야 하는 것에 불만이 컸다고 하는데 해양포유류센터의 결정에 따라 아예 바다사자들에게 이곳을 양보하고 다른 선착장으로 보트를 옮기는 쪽으로 일이 풀리면서 이후 Pier39는 많은 이들의 발길을 사로잡는 장소가 되었다. 야생의 해양 동물을 만날 수 있는 곳, 그러면서도 도심과 멀지 않은 곳은 흔치 않으니까.

하지만 안타깝게도 Pier39 근처에는 블루보틀은 고사하고 그럴싸한 커피를 마실 수 있을 만한 곳도 없어 보였다.

간판이나 가게가 잘 눈에 띄지 않아서 근처까지 와놓고는 약간 헤맸다. 큰길가에 내놓은 입간판은 바로 눈에 띄었는데 정작 가게 입구가 어디인지를 발견 못 해서 불나방처럼 그 근처만 빙빙. 나중에 정신을 차리고 보니 시야 바깥의 높은 위치에 조그만 간판이 걸려있었다. 이건 내 키의 문제가 아니라 누구에게나 시야 바깥일 만한 높이였다. 흰 바탕에 손으로 대강 슥슥 그린 듯한 파란 물병. 틀림없는 블루보틀이다.

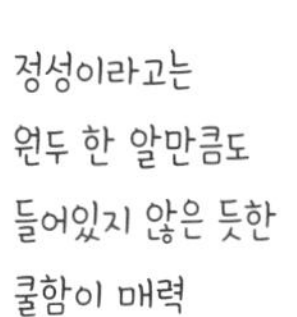

정성이라고는
원두 한 알만큼도
들어있지 않은 듯한
쿨함이 매력

아이스라떼가 맛있다고 소문이 나있지만 그닥 좋아하는 음료도 아니고 날도 은근 쌀쌀해 따뜻한 핸드드립으로 주문해봤다. 일부러 신 원두를 고른 게 아닌데도 다소 산미가 돋보이는 맛.

나는 쓴 커피보다는 신 커피를 좋아하는 취향이라 매우 만족했지만 사실 신 커피는 호불호가 많이 갈리는 편이다. 실패할 가능성을 줄이기 위해서는 라떼를 먹는 것이 좋아 보였다. 커피의 신맛은 우유에 잘 중화되고 고소함만 남으니까.

산미가 돋보이는
블루보틀의 핸드드립

샌프란시스코에서 블루보틀을 방문했을 때만 해도 한국에는 블루보틀 매장이 생긴다 만다 소문만 무성했었는데 지금은 벌써 4호점까지 생겼다. 그렇지만 몇 시간씩 줄을 서면서 사먹어도 시간이 아깝지 않을 맛이라고 말하기에는 조심스럽다. 물론 커피 맛은 만족스러웠지만 "와, 세상에나 커피에서 이런 맛이? 이것이 바로 나의 인생 커피야!"라고 할 정도는 분명 아니었다.

카페가 늘어나면서 개성 있고 맛있는 커피를 내는 곳은 정말 많아졌다. 가정용 커피 장비들이 보편화되면서 엔간한 수준의 커피는 집에서 뚝딱 만들 수도 있게 됐다. 이쯤 되면 더 이상 커피를 '맛'만으로 설명할 수 있는 시대는 지나갔다고도 할 수 있다.

당신의 인생 커피는 어떤 커피인가. 나의 인생 커피는 감자와 함께하는 커피. 어찌저찌 하다 보니 어느덧 그렇게 됐다.

압구정 안다즈호텔 1층에도 블루보틀이.

세상의 모든 웰컴, 웰컴 드링크

태국, 방콕

"오랜만이야! 다시 만나서 반가워!"

삶이 팍팍해지면서 진정한 의미의 웰컴은 만나기 힘들어졌을지도 모르지만 형식적으로나마 받게 되는 웰컴에는 대부분 음료가 따른다. 어디서든 누군가를 맞이할 때 음료를 대접하는 일은 일반적이지 않은가.

이렇게 만나게 되는 한 잔의 음료 중에서도 호텔이나 가게 등에서 제공해주는 것은 특별히 웰컴 드링크라고 불린다. 웰컴 드링크는 때로는 주스이기도 하고 커피이기도 하고 가벼운 도수의 술이기도 한데 내 기준으로 가장 많이 받아본 것은 허브차였다.

방콕의 어느 호텔에선가 아무 기대 없이 마주한 한 잔의 차, 그 모습에 반해 끝내 이름을 알아내어 구입해왔다.

오묘한 푸른 빛깔이 눈길을 끄는 버터플라이피티Butterflypea tea는 한국에서는 '안찬티'라는 이름으로 통한다. 영롱한 색상에 비해 딱히 맛이랄 것은 없고 (맛이 후지다는 게 아니라 아무 맛도 안 난다는 뜻) 향도 신경 써서 맡아야만 눈치 챌 정도로 은근하게 풍기는데 그 향은 구수한 쪽에 가깝다. 'pea'라는 것이 결국 완두콩이니까 이런 향기가 나는 것은 당연할 수도 있겠다.

버터플라이피티의 매력은 코나 입으로 느낀다기보다는 역시 눈으로 보는 것. 물에 우려냈을 때는 강력한 안토시아닌 성분으로 인해 푸른색을 띄는데 여기에 레몬즙이나 라임즙 등 산성 물질을 더하면 보랏빛을 거쳐 자줏빛으로 변하는 모습이 무척이나 신비롭다.

어째서 이런 변화가 일어나는지를 사실에 기반해 풀이하자면 그건 단순한 산화환원반응 때문이라고, 이건 신기한 현상이나 마법이 아니라 과학일 뿐이라고 말할 수밖에 없겠지만 이 광경을 직접 만난 이들이 느끼는 감정은 분명 그 이상일 것이다.

버터플라이피티의 매력은
역시 눈으로 보는 것

태국에서는 마사지샵에서도 곧잘 웰컴 드링크를 내어준다. 이완 작용에 도움이 되는 따뜻한 차는 마사지 전반의 만족도를 올려주기도 한다. 아무것도 아니라면 아닐 수도 있는 차 한 잔에 세상 노곤해지며 진정으로 환대받는 기분이 든다. 그 기분이 문득 그립다.

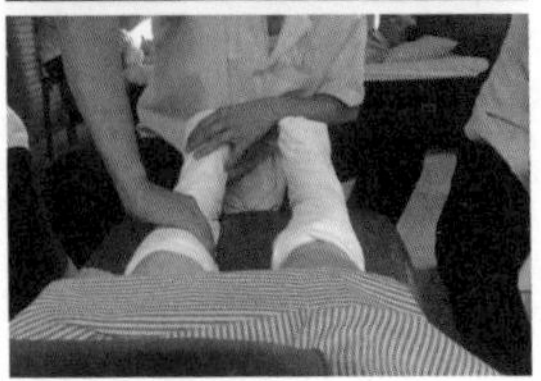

태국에서 만난 마사지샵들과
받았던 마사지들에 대한 기억.
난 발 마사지 정도가 딱 좋다.
허리나 목은 조금 무서운 느낌.

요즘 여행을 쉬고 있어서인지 웰컴 드링크 만나기가 쉽지 않다. 그런데도 가끔 너무나도 달뜬 마음이 되는 것은 왜일까. 그 마음으로 세상의 모든 웰컴 드링크들에게 "오랜만이야! 다시 만나서 반가워!" 하는 웰컴 인사를 건네고 싶다.

마사지의 만족도는 마사지샵의 시설이나 분위기, 마사지 용품에도 영향을 받지만 어떤 마사지사를 만나느냐에 더 크게 달려있다. 같은 가게 안에서도 마사지사마다 손맛은 다르다.

알아두면 도움 되는 태국의 마사지 용어(기본적인 영어는 모두 통합니다.)

살살-바오바오 / 세게-낙낙 / 많이-여여 / 아파요-쨉

머리-후아 / 목-커 / 어깨-라이 / 등-랑 / 팔-케 / 허리-에우

다리-가아 / 발-타우

Ex) 어깨 많이 - 라이 여여

겨울의 문을 여는 3가지 간식

한국, 서울

내 마음속 원픽은

따뜻한 군고구마

그리고 김치보다는 흰 우유!

(오늘은 샷 추가)

덥다 타령을 한 게 엊그제 같은데 슬슬 찬바람이 나는가 싶더니 갑자기 겨울이 되어버렸다.

올해는 작년보다 덜 추울 것이라고 했지만 어차피 그런 이야기는 믿지 않는다. 조금 덜 춥다고 해서 옷차림을 비롯한 사는 모습이 크게 달라지지도 않거니와 덜 추울 것을 기대했다가 실망하는 일에도 지쳤다. 그저 겨울은 무조건 춥다고, 방심하다가는 얼어 죽을지도 모른다고 단단히 각오해야 차라리 마음이 편하다.

라미도 감자 친구 요롱이도
여름이 더 좋아!
(요롱이 첫 등장)

겨울을 대표하는 간식은 모두 따뜻한 것들이다. 가장 간단한 것은 군고구마. 예전엔 길에서 드럼통에서 구운 고구마를 파는 모습을 쉽게 볼 수 있었는데 요즘은 그런 모습을 보기가 힘들어졌다. 다들 어렵지 않게 집에서 구워 먹을 수 있게 되어서 그런 것일까.

군고구마는 김장김치와 먹어야 제맛이라는 사람들도 있지만 나는 어렸을 적부터 김치보다는 우유와 함께 군고구마를 먹어왔다. 마냥 하얀 우유는 때론 너무 밍밍해 심심하니 오늘은 샷을 하나 추가. 연한 카페라떼와도 노랗게 잘 구워진 고구마는 곧잘 어울린다.

호빵과 호떡 역시도 겨울 간식에서 빼놓으면 섭섭한데 이 둘은 모두 '호'로 시작하지만 거기 얽힌 사연은 각각이다. 호빵은 '호호 불어 먹는 빵'이라는 의미를 부여하여 특정한 회사에서 붙인 제품명일 뿐 진짜 이름은 '찐빵'이 맞다. 호빵은 접착식 메모지가 접착식 메모지라는 이름보다는 그저 포스트잇으로 불리는 것처럼 고유명사가 보통명사가 된 격이라 볼 수 있다.

야채가 들은 것이나 피자 맛 찐빵들도 나름 매력이 있는데 사실 이는 중국식 만두에 가깝지 않나 싶기도 하다. 커피에도 어울리지 않고. 그런 의미에서 난 찐빵은 팥이 진짜라고 생각하는 사람. 홍콩에서 딤섬집에 방문했을 때 정말 우리식 찐빵과 똑같은 생김새에, 안에는 노란 커스터드크림이 들어있는 딤섬을 만난 적이 있기는 하다만 이 역시도 식사용이라기보다는 디저트용 딤섬으로 불리는 녀석이다.

자고로 디저트는 달달해야 하는 법. 그렇다고 내가 야채 찐빵을 싫어한다는 말은 아니고 가끔은 야채 찐빵도 먹는다. 별미의 느낌으로!

호빵은 호호 불어 먹는다.

찐빵이라는 보통명사를 호빵이라는 고유명사가 대체하게 된 것과는 달리 호떡은 원래부터 호떡이 맞다. 밀가루나 찹쌀 반죽 안에 소를 넣고 납작하게 눌러 기름에 지져내는 호떡은 '오랑캐가 먹는 떡'이라는 뜻이다.

호떡은 중국이 한나라이던 시절, 한나라가 지금의 중앙아시아 및 아랍 지역과 무역을 하게 되면서 그 사람들을 오랑캐胡人라 불렀기에 그 사람들이 만들어 먹던 떡을 호胡떡이라 부른 것에서 비롯됐다. 즉, 호떡은 중앙아시아 및 아랍에서 중국으로, 중국에서 한국으로 다시 전파된 꽤나 버라이어티한 역사를 가진 간식이라 할 수 있다.

그렇지만 원조 호떡은 만두처럼 고기와 야채 소가 들어가 있었는데 임오군란 당시 청나라 상인들이 조선에 들어오면서 조선인의 입맛에 맞게 조청이나 흑설탕 등 달달한 소를 넣은 형태로 진화시켰다는 의견이 지배적이라 지금 우리가 호떡이라 하면 떠올리는 달달한 호떡은 중앙아시아도 아랍도 중국도 아닌 분명 한국의 맛이다.

감자 어디 가니?

개인적으로 군고구마는 딱히 아주 좋아하지는 않는 편(사실 난 고구마가 아니라 감자파. 내 고양이에게 감자라고 이름을 붙인 것만 봐도 알 수 있다)이고 찐빵은 편의점 알바를 하던 당시 매일같이 찜통을 열심히 닦고 물을 갈아줘야 해 매우 성가셨던 녀석으로, 호떡은 뜨거운 흑설탕에 입천장을 데지 않도록 조심스레 한입 베어 물고 또 그 설탕이 흐르지 않도록 종이컵에 담아 조심조심 먹어야 해 먹기가 어려웠던 간식으로 기억에 남아있다.

누군가에게는 엄마 손을 잡고 따라나섰던 시장통의 즐거움으로, 각종 심부름을 하고 받은 용돈을 모아 사먹었던 일종의 보상으로, 하굣길에 친구들과 갈라 먹었던 우정의 징표로 마음에 남았을 간식들. 지금은 마음만 먹으면 전 세계 간식을 다 찾아 먹을 수 있고 맛있는 것들도 훨씬 많아져 이런 녀석들은 별거 아니라면 별거 아닌 맛이 되어버렸을지도 모르지만 그럼에도 겨울이 올 때마다 이 별거 아닌 맛이 그리워지는 것은 역시 그에 얽힌 소중한 기억들 때문이지 않을까.

추억은 휘발되는 것이 아니어서 항상 마음 깊은 곳에 담겨있지만 생각보다 그 추억을 꺼내볼 계기가 많지만은 않은데 매 겨울마다 그 추억을 상기시켜주는 매개체로써 이런 녀석들이 되돌아오니 참으로 다행스럽다.

오늘 서울의 기온은 무려 영하 10도. 소중한 이들과 함께 따뜻한 간식을 곁들일 수 있기를, 누구에게든 그 정도 숨 돌릴 틈은 있는 하루가 되기를 바라며 이 글을 마친다.

하지만 감자는
숨 돌릴 틈 없이 파고든다!

생일 케이크의 맛

내가 아는 세상

아무 날도 아닌데 먹는 케이크는
괜히 생일 같아서 좋다.
(집사의 나이는 일급비밀입니다.)

"케이크를 준비하고 초를 꽂고 초에 불을 붙이면 그날의 주인공이 후 불어 촛불을 끈다."

각자가 사는 세계는 몹시도 다르지만 놀랍게도 생일을 축하하는 방법은 꽤나 흡사하다. 내가 아는 세계가 세상의 전부라고 건방지게 단언할 수는 없겠지만 적어도 내가 아는 범위 내에서는 그렇다. 케이크로써 누군가의 생일을 축하한 것은 고대 로마시대부터이고, 케이크에 초를 꽂고 불을 밝힌 것도 중세 이후 독일에서 시작된 문화라고 하니 꽤나 역사가 길다. 이 정도면 인류의 뇌리에 각인될 법한 시간. 그래서인지 별거 아니라면 별거 아닌 퍼포먼스지만 나는 여전히 생일상에 케이크가 없으면 섭섭하고 촛불이 없으면 더 섭섭하다.

어느 순간부터 그간 먹은 나이만큼 빽빽하게 초를 꽂는 일은 피하고 있지만 그렇다고 내 나이가 부끄럽다는 의미는 아니다. '하릴없이 나이만 먹는다'는 말도 있지만 그와 반대로 나이 먹는 일이 얼마나 어려운지 인생을 정면으로 통과해온 이들은 공감하지 않을까. 나 자신의 힘으로 오롯이 이만큼 오기까지 얼마나 버거웠는지.
처음 살아보는 인생이라 아무것도 몰랐기에 어찌저찌 그렇게 해왔을 뿐, 알고서는 절대 다시 못 겪을 날들. 모든 것이 처음이어서, 아무것도 모르기 때문에 그 용감함으로 살아간다. 앞으로 살아갈 날 중에서도 미리 경험해본 날은 하루도 없으니 다행인지 불행인지 쉬이 말할 수는 없겠지만 아마도 그 용감함은 여전할 것이다.

그래서 나는 "만약 스무 살 때로 돌아갈 수 있다면 어때?" 같은 질문에 한 번도 고민해본 적이 없다. 내 답은 예전이나 지금이나 단호히 "안 가요"다. 그래도 딱 일주일 전으로 돌아가 로또 번호를 알아내 오고 싶은 마음은 조금 있다.

태어난 것이 행복해서라기보다도 이날이 오기까지 기특하게 버텨왔으니 생일 케이크는 무조건 맛있어야 한다. 제과제빵의 눈부신 발전, 그 정점에 식빵이 아니라 케이크가 있는 것은 우연이 아닐 것이다. 케이크는 역시 특별한 날을 위한 특별한 존재이다.

가끔 '생일 케이크 맛'이라는 알 듯 말 듯한 아이스크림이나 과자, 쿠키 등을 만나는 경우가 있다. '생일 케이크는 무지 다양한데 대체 어떤 맛을 말하는 건가' 싶은데 이 말은 아마도 하얀 버터케이크 위에 알록달록하게 뿌려진 '스프링클'의 맛을 나타내는 말인듯 싶다.

생일 케이크 맛이라니(…)

문제는 스프링클도 딱히 특별한 맛이 나는 건 아니라는 점! 그래서 나는 매번 '생일 케이크 맛' 쿠키를 먹을 때마다 과연 이 작명법은 옳은 것인가에 대한 고민에 빠지곤 한다.

아직도 세상은 내가 모르는 것투성이다.

오늘 역시도 지난 세월을 무사히 살아낸 누군가의 생일.

감자와 함께, 당신의 생일을 진심으로 축하합니다.

앞으로 마주할 날들에도 부디 축복이 가득하기를.

미니 케이크 아닙니다.

길 위에서 만난 감자의 친구들

– 대만의 공원

에필로그

고양이와 산다는 것

이 시대에 고양이와 산다는 것은 어떤 의미일까. 누군가는 고양이에 쓸 돈이 있으면 어려운 사람들을 도우라고, 또 누군가는 이왕이면 유기묘를 입양하지 그랬냐고 할지도 모른다. 솔직히 말하겠다. 감자는 펫숍에서 왔다. 돈을 주고 산 고양이다.

고양이를 들이겠다고 결심했을 때 유기묘를 염두에 두지 않은 것은 아니었다. 하지만 당시 내가 찾아봤던 유기묘들은 모두 처참한 모습이었다. '유기 동물'로 검색해 찾은 사이트에는 교통사고를 당해 피범벅이 된 발견 당시의 사진이 그대로 게시되어있었고 대개는 '자연사'라고 표기되어있었다.

그 사진들 사이를 누비는 것은 쉽지 않은 일이었다. 찾을 정성이 부족했던 것 아니냐고 더 알아볼 수도 있지 않았느냐고 할 수도 있겠지만 그런 사진들을 더 둘러볼 자신이 없던 나는 눈물을 흘리며 유기묘 입양을 포기했다.

펫숍은 훨씬 쉬웠다. 특정 종을 마음에 둔 적은 없었지만 감자를 만나자마자 특유의 맹한 눈망울에 빠져들었다. 펫숍은 분명 바람직한 입양처는 아니고 장기적으로 사라져야 할 곳이기는 하지만 그렇다면 펫숍에 이미 나와 있는 동물들은 어떻게 되는 걸까.

분명한 건 펫숍의 모든 동물들이 적절한 시기에 '완판'되는 게 아닐 텐데도 귀여운 테를 벗고 쑥 자라버린 동물들은 펫숍에 단 한 마리도 없었다는 점이다.

그렇게 우리 집으로 온 감자의 상태는 펫숍의 깔끔한 이미지에 비추어 기대했던 것과는 많이 달랐다. 3개월령이라고 했지만 병원에서는 많아 봐야 2개월 정도 되어 보인다고 했고, 허피스 바이러스와 곰팡이성 피부병에 감염되어있었다. 귓속에는 진드기가 가득했다. 나이도 속였고 건강 상태도 속였다. 펫숍에서는 원할 경우 비슷한 가격대의 다른 고양이로 교환을 해줄 수 있다고 했지만 이미 내 고양이가 된 마당에 그럴 수는 없는 노릇이었다. (저런 사상 자체가 충격적이기도 하고….)

허피스 바이러스는 성묘에게는 별거 아닐지 몰라도 어린 고양이에게는 치명적이다. 고양이는 코가 막혀 후각이 둔해지면 식욕도 잃게 되는데 성묘가 한두 끼 굶는 것은 큰 문제가 되지 않지만 어린 고양이는 그것만으로도 생명이 위험할 수 있어 조그만 고양이를 수건으로 둘둘 말아 옆에 끼고 몇 시간 간격으로 통조림을 입천장에 발라가며 강제 급여해 키웠다.

고양이확대 # 성공적

어릴 적 모습이 귀여우니 보통은 천천히 컸으면 좋겠다고 생각하지만 그 무렵에는 감자가 이런 병들에 대한 저항성이 조금이나마 생기도록, 빨리 쑥 커버리길 매일같이 기도했다. 고양이를 산 값보다 병원비가 더 든 것은 물론이고 병원을 졸업할 때까지 몇 달간, 흔들리는 어린 생명 앞에서 마음고생이 몹시 심했다.

내가 만약 그때 감자를 데려오지 않았다면 감자는 어떻게 되었을까. 어린 시절을 병치레로 허겁지겁 보냈기 때문인지 듬직한 모습으로 내 옆에 앉아있는 지금의 감자가 더욱 사랑스럽다.

고양이와 살면서 금전적, 시간적, 정신적 소모가 없다면 거짓말일 것이다. 하지만 살아보면 살아볼수록 작고 약한 생명을 소중히 여기고 더욱 사랑해야겠다고 다짐하게 된다. 내가 줄 수 있는 사랑에 더해, 감자의 데뷔작인 이 책으로 감자가 더 많은 사랑을 받을 수 있기를 욕심내본다.

하이파이브!

인스타그램에서 **#라미감자카페** 해시태그를 검색해주세요~